中国当代散文诗
2017

主编 赵宏兴

中国书籍出版社
China Book Press

图书在版编目（CIP）数据

中国当代散文诗 . 2017 / 赵宏兴主编 . —北京：中国书籍出版社 , 2017.4
ISBN 978-7-5068-6113-7

Ⅰ . ①中… Ⅱ . ①赵… Ⅲ . ①散文诗－诗集－中国－当代 Ⅳ . ① I227

中国版本图书馆 CIP 数据核字 (2017) 第 060696 号

中国当代散文诗·2017

赵宏兴　主编

图书策划	牛　超　崔付建
责任编辑	成晓春
责任印制	孙马飞　马　芝
出版发行	中国书籍出版社
地　　址	北京市丰台区三路居路 97 号（邮编：100073）
电　　话	（010）52257143（总编室）（010）52257140（发行部）
电子邮箱	eo@chinabp.com.cn
经　　销	全国新华书店
印　　刷	三河市华东印刷有限公司
开　　本	650 毫米 ×940 毫米　1/16
字　　数	220 千字
印　　张	14
版　　次	2017 年 5 月第 1 版　2017 年 5 月第 1 次印刷
书　　号	ISBN 978-7-5068-6113-7
定　　价	48.00 元

版权所有　翻印必究

目录 CONTENTS

001 ～ 梁小斌 梁小斌如是说（组章）
007 ～ 赵宏兴 站在河岸上（外一章）
014 ～ 安 琪 在大青沟（外二章）
018 ～ 程益群 谁持彩练当空舞（组章）
026 ～ 陈 俊 我的内心被雨水濯亮（组章）
030 ～ 清 水 自然的馈赠
035 ～ 张道发 哪一种爱不是千疮百孔（组章）
038 ～ 银河望 大雨倾城（外一章）
040 ～ 吴佳骏 正在沦陷的故乡
044 ～ 张建春 夏之六章
048 ～ 李 成 夜的眼（组章）
057 ～ 田晓华 落梦他乡（外二章）
062 ～ 闫文盛 痴迷者（六章）
074 ～ 李俊功 自然令（组章）
078 ～ 武 稚 悄然开放（四章）

目录

- 084 王　琪　乡间侧记（组章）
- 088 韩嘉川　绿皮火车（组章）
- 093 左　右　活着的谎言（组章）
- 099 徐　泽　青草上的灯（组章）
- 104 熊　亮　马头琴随想（节选）
- 113 张　威　秋风起兮
- 118 李兵印　废墟花火（组章）
- 123 冷　雪　雪与阳光（四章）
- 127 魏洪红子　沿着水声向上（外二章）
- 131 程绿叶　一棵树，就在我的窗外（外二章）
- 136 姜　华　秋天，在乡下与植物相遇（六章）
- 142 许泽夫　酽酽乡情
- 146 项丽敏　下雨的日子（外二章）
- 149 蔡兴乐　露水里的故乡（五章）
- 153 凌泽泉　挂在树梢的乡情（四章）

目录

157 〉右手江南 记忆与抒情（四章）
161 〉刘向民 悲歌，英雄始终屹立（组章）
166 〉白 麟 附庸风雅（组章）
173 〉詹文格 天籁（外一章）
178 〉纪洪平 火车，我的远方（外一章）
181 〉文 榕 隐去的颜容（六章）
185 〉马亭华 月光下的女神
191 〉蒋崇杰 爱的手册
198 〉张建军 青花瓷（外一章）
200 〉刘贵高 天堂下的布达拉宫
203 〉欧阳冰云 水天一涯
207 〉夏 寒 迁徙的情绪（组章）
212 〉黄小霞 银杏树下读李白
215 〉杨 芳 风土写意（外一章）

梁小斌如是说（组章）

■ 梁小斌

思 想

你吃东西，怎么喜欢把嘴巴塞得满满的？
只伟岸的生物才会把吃的食物放到盘子里，捧在利爪前。

逃进思想王国，是我这个人节节败退的结果。思想在照耀生活之前，有如生活遍地都是杂草、乱石。

石　头

路边有一块石头，你不去搬动它，它永远会在那里，我没有产生去搬动它的打算。这时，你接到了命令，立即把石头搬走。我执意不肯搬，那块石头就与我僵持着。

我们就是这样认识石头的。石头在草丛里悄然地屹立着，我体会，石头会发现你迟迟不愿伸出手去碰它。接到搬石头的命令后，那块石头会逐渐向你走来，石头会越长越茁壮，上面布满青苔在诉说，你根本没有碰过它一次。石头进入了你的梦乡，成为那句应验的俗话：我的心像压着一块石头。石头并不永恒地保持原样，在有限的时间内，石头变为形象思维里最为狰狞的怪物，将你整个身躯压碎。

时间一到，石头仍在原处会被猛然发现，有人说：你怎么还没有动。单纯的石头能引出人的声音，无异于石头本身在说话。

诗　人

做爱结束后，瘦弱的身体反而格外在穿戴上注意整洁。袜子要新，勉强套上沉重的外衣，待外衣在肩膀上落定之后，还要情不自禁地抖抖肩膀，让这沉重之物服帖地裹住身体。然后，干净的手摸摸大衣口袋，甚至口袋里的补丁也要翻出来看看，捡去补丁上的烟丝，一根都不剩。我的脚步也有些迟缓，却很讲究地要喝新泡的茶，躯体内的躁动现在总算交代过去了。躁动很像一头在外闯荡的怪兽，因为回窝时的利爪太猛，栅栏仍然还有些摇晃。

　　我们经常将做爱后的满足感与虚脱的体质完美地结合在一起，把肉欲的满足理解为心灵的恬静。有三分钟的时间，我在思考人生无所追求的道理，忙来忙去，都是为了安顿它，这么一个恬静。衣着整洁的人走出这扇门，不知内情的人以为你从某一高贵的殿堂而来，所以朋友说，诗人最近状态不错。

衣　着

　　衣服晾在阳光下，我过一会就回来，衣服却被晒干了。我不曾想过，我回来迟了，不然衣服是不会晾干的。

　　这是一个自然的过程，我们的行动不会阻止衣服晒干。对于心灵而言，我们看到世间万物的过程，开始的呈现，和我们以后再去看的样子。石头在早晨是好好的，下午回来再看到时，石头已经开裂。最初的呈现如果打动了我们，我们就能听到衣服和石头在风中的呼唤。

　　一点不错，只有衣服在风雨来临之前的抖动，才能触动我们赶快回家去收衣服。这时，我们有回来晚了的懊恼。

年　轮

　　被拦腰切断的树，伐木工数着截面上的年轮，准确地告诉我它已经活了多少年。

那么，反过来可以认为，当谁指出那棵树的寿命，是对树的遗体的发言。

当谁指出某地生机勃勃的时候，那个所谓生机勃勃之地，实际上早已是一片死寂和空旷。这就是发现后面的含义，这些文字是那双砍树的手写成的。

我胆战心惊地注视着某些生态风景画，注视那些描述文字，我知道，这些美丽的生命早已不复存在。我们指出某地的溪水清澈，是因为我们的脏手被清洗干净后，而证明那是清澈。

我见过不少有关茂盛森林的文章。我预感到森林里肯定还藏着一个伐木场，我真的听到了伐木声声。青草、森林、蘑菇都在被赞美的时候，它们其实已经提前被埋葬，或者正在被数着"年轮"。一个因为劳作而气喘吁吁的声音在说："我过一会告诉你，它们准确的年龄。"

我想说的是，如果你不知道那棵树的年龄，请你不要打听它。

窥　视

我躲在绿树丛后，窥见了一对情人在河边拥抱。那个男人的头在女人肩膀上扭向一边，他自然想观察一下四周有没有人。他确认没有人打扰时，头又深深地俯了下去。

这情景使我的思索无限深广。绿树和黄昏的昏暗只是掩护了我，他们的确认不如我的确认，很简单，风景参与了我的窥视行为。我预想自己的卑劣行径被人发现了，我将被展览，我身上挂着的木牌写着我趁着黑暗在窥视别人。这时，绿树和昏暗的景色可以省略不受谴责，因为是我利用着无辜的昏暗环境。但是从根本上讲，昏暗的环境是我获得窥视机会的主要同谋，甚至是我成功的依据。那么，昏暗环境也是得像从天空揭下来的一张画皮，把它摊在地上，在我的旁边，供人参观。

当天完全黑下来的时候，所有情侣都认为黑暗裹住了他们，这种半生不熟的书生见解根本没有想到，此时黑暗只裹住了窥视者。

跌　跤

你找书，跌了一跤，你做这桩事，被另外一种神秘的力量所牵挂，这在哲学上是有意义的。

我并没有做好在此处跌跤的准备。我不是为此目的到书柜前，但我的整个姿态却恰恰跌跤，不然我是不会如此的。我为跌跤奠定了坚决的基础，我实际上是完成了这个动作。明明完成得很出色，但结果令我吃了一惊。

因为地板是刚拖过的，电灯也是昏暗的，拖鞋的底也是很光滑。诸多因素，使我跌跤完成了。我在结果面前找原因，我不是专门为跌跤后找原因，我找书的行动耽误了。我回过头来想，是谁在捣鬼，令我如此狼狈不堪。

我逐渐接触到了一个思维的盲点。我曾经学会走路，我从此不再去思考如何走路，世界的真实面貌为什么非要如此，似乎走路这行当我已经毕业，已经被培育成功，我走路，成为像我的呼吸那样的自然运动。第一步，是要学会，学会后，不用再去想它。第二步，我到处找书。这时我发现，世界对于我，存在着一个阴谋，用一本书勾引着我去找，然后设法让我跌了一跤。世界不是以命令的方式要我应该如此的。

站在河岸上（外一章）

■ 赵宏兴

它们要到哪里去？

它们两手空空，眼睛一片迷茫。

它们的身上还呈现着山沟的肤色、洞穴的肤色、田野上小河的肤色……

它们的群体有多长，堤坝就筑多长。

它们从城外的河道里浩荡地流过，城内，一片楼群的高度，感到如此的胆怯。

它们要到哪里去？

它们日夜兼程。停止或者隐藏，都是危险的，离开群体只有等待死亡。

有月的夜晚，浩荡的洪水，突然间使阴沉的天空明亮。

放开，让它们走。

这些雨水，它们已割断了绳索，它们已翻越了高墙，它们在低处聚集，越涨越高。

洪水，在河道内滔滔而去，它们的姿势，是梦的境界。它们的深处，在碰撞着纠缠着粉碎着吵闹着……

一路的行程，是一组生命的排列组合。

放开，让它们走。

它们的祖先已经到达，发出的呼唤震动着它们的耳膜，它们无法停止脚步，一路狂奔着而去。

它们迁徙的路线，将经过一群狮子的领地，经过一群鳄鱼的领地，它们中必有一些同伴为此牺牲，而不能一同到达。

———那里是辽阔的海洋，洪波涌起，云岛相连，鸥鸟飞翔。

———那里是一个广阔而美丽的天地，是超越生命与自由生长的空间。

洪水，淹没了我们的家园———
门前那条开着野花的小径，
河道里那个靠岸的码头，
田地里那等待收割的庄稼，
村头我与情人幽会的小树林……
在滔滔的洪水覆盖下，只有我们的眼睛能看到它们！
洪水，也浮起了一些东西———
那些被我们遮挡，但仍在阳光的缝隙里生长的东西，
那些被我们丢弃，但仍然存在的东西，

那些被我们播种后,但又遗忘的东西……

现在,它们都浮起来了,像云一样,在水面上漂过,让我们幡然醒悟!

还有在洪水中崩溃的建筑———

当初,看到它们在土地上建成,我们是如何的兴高采烈,仿佛今后所有的日子都有了依靠。

现在,它们在一夜之间崩溃,我们庆幸着自己的逃脱。

不堪回首,这些没有骨头的东西,蒙住了我们多少眼睛!

漩涡,在水面上闪现。

它美丽的线条是飞天的云袖,在轻风中起舞,凌驾它的人,在高蹈中,一路花香地升向天庭,消失在蓝天深处。

跟随一只漩涡,看它在水面上飘逸,在细雨中怀念,那个背井离乡的人,一个漂流的灵魂。

消失的漩涡,已悄然到达寂寞人的内心深处。

洪水,在雨夜从堤坝的破口,侵入树的家园。

岸,就在前面,有一棵小树已经爬了上去。如果再迈一步树林就可逃离这场灾难,但在这最后一刻,它们停止了脚步。

水在树林的头顶颈部腰间得意地涟漪着,拯救的手,背在上帝的身后。

一阵风吹来,树扶老携幼,坚强地站立着。

这是树祖祖辈辈的家园,它们扎紧了根,即使变成了鱼,也决不退让半步。

让我再一次凝视这水。

此刻，它们波平如镜，水天一色，还有光芒惊悚地拍动翅膀。

脚下的路已经中断，我站立的位置，在淼淼的水面弥漫开来。那条遥远的地平线，在水面上刃一样的划过，没有了往日的舒畅起伏。

我看到创世纪初始，上帝在水面上行走，我游说他，站在河岸上，仁慈地说：

———让每一滴水臣服下来，驱除内里的黑暗，赎罪行善。

———让每一滴水都有自己的通途，最后到达天堂。

站在海岸边

这就是大地的边缘！

我伫立在海边，默默地遥望着，我的身后是坚硬的陆地，我的面前是汹涌的海水，它们一样的辽阔。

我来自古老大地的深处，在一个喧哗的城市里生活，无数次，我遥望天边，幻想着到达大地的边缘。

……那些边缘，是向上的阶梯？是向下的地宫？或是飞翔的地毯？……

现在，站在这大地的尽头，

我看到，所有的路在这里都到了尽头。

我看到，每一条河流在这儿都找到了归宿。

我看到，大地与海水的交接处，一片片黝黑的礁石，在海浪中，像一个个晃动的头颅。我不知道他们是想回到岸上享受阳光，还是想到海里去遨游。

让我用手轻轻地捧起海水,这广阔的海水,该有我故乡河流的一滴吧。我童年的时候,就在地图上查到,故乡无数条小河汇成一条大河,流到长江最后到达大海。

如果有我故乡河流的一滴,那该有我父老乡亲汗水的一滴吧。他们往往在劳作后,到河里洗去身上的汗水。

让我有力地击打这海水,倾听它发出的声音,大海应当是一面鼓,它渴望有一只双手,能敲打出沸腾的声音。

让我用手轻轻地拨开这海水,我想看看它淹没了什么,我流逝的光阴是否躺在海底的一角。

让我把爱情折叠起来,寄放在海水深处,捎给那位渴望爱情的美人鱼。

大海,我能带走什么。
大海敞开着,它是那么无私。
如果能把大海带走,就能把天空也带走;
如果能使河水倒流,大海就会干涸。
大海沉默着,我不知道每个到海边的人,都会想起什么。
大海,我没有更多的奢求,我只汲取一瓶海水,带回去,放在我家六楼的阳台上,在有月的夜晚,听它喁喁私语,在起风的夜晚,听它滔天巨浪。

对岸，有多远。

那边是否也有一位女孩和我一样站在海边遥望？

她迎风站立着。她白色的长衫和黑色的长发在海风中飘扬着。

海浪层层涌来，像一只只巨大的手，从海底把沙子推上来，堆起一条沙滩蜿蜒着伸向海水的深处，

这是通向对岸的鹊桥吗？

对岸是遥远的，海风阵阵吹来，我想张开双臂飞起来，只要有爱的地方，再宽的海洋也阻挡不了。

波动、波动……

缓缓的浪花，和着我的心律，在起伏间：呈现、隐没、冲撞……

我想看清，大海，在蔚蓝和广阔的背后，是谁的手在推动着，使它永不停息。

我想按住自己的心跳，看涌动的海水，会不会与我的心情一起平静下来。

……海，最初的一滴水，在指尖奔走，一路沉痛的湿痕，朝向爱情的顶端，相望的岛在转身之后，已经背离曾经的誓言，在海水中沉没……

我痴情的心，远道而来，在海边，在一寸一寸的距离中，寻觅与另一颗心接近的距离。

我脱下皮鞋、袜子，赤着脚在沙滩上奔跑，我的脚被涌上来的浪花轻吻着，我的身后留下一串串脚印，我停下来，我对着大海大声地呼喊着，

海啊，我身体内的海已经复活了，

我身体内的风暴已经升起来了,
我不会在一片海水中迷失道路。

一只海鸥飞起来了,它白色的翅膀划着弧线,在海面上蹁跹起舞,那么的轻盈流畅。
海浪上有为它谱写的旋律,天空上印着它美丽的倩影。
它在海浪上鸣叫着,它是被流放的歌手,它憎恶那在舞台上"摧眉折腰事权贵"的生涯,它不肯再回去了,它在大海上找到了自由的天堂。
它飞到了大海的深处,在我的眼睛里消失了。
一只海鸥它要去的地方,就是我梦境诞生的地方。

让我再一次凝视大海,
我迎风而立着,我张开双臂想拥抱着大海。
海,平展着,从眼前伸展到天际边,我知道那不是它的尽头。
我伫立着,我挪不动即将离去的脚步。我渴望在这海边站立成一棵树,汲着海水生长,双眼充满着海水的蔚蓝。
让我再一次凝视大海,
大海,是一尊佛,它慈爱、宽广,默默无语,接纳我所有的倾诉,并让我洗涤、禅悟。
我还会再来的,大海。

在大青沟(外二章)

■ 安琪

在大青沟遇见水曲柳，它不像一棵树而像一捆生锈的绳子

在大青沟遇见黄菠萝，它有深深的眼睛这眼睛阴湿而没有眼睑

在大青沟遇见紫椴，紫椴与紫椴之间巨大的蛛网静静等待世界自投

在大青沟遇见白皮柳，蒙古格格塔娜说它的树皮可以食用我小声询问这得腌制吧

在大青沟遇见黄榆，老榆树老榆树你是愿意在此枯死还是随我到京城当一把椅子

在大青沟遇见金银花，它们啪嗒啪嗒迎着风张开翅膀每一朵花心都住着一个小魂

在大青沟遇见北五味子，它要我说出哪五味我答金木水火土它回我以大拇指

在大青沟遇见东北天南星，此星非彼星，此星为草本植物，叶片呈鸟趾状全裂，可入药

在大青沟遇见桃叶卫，亲爱的别来无恙，槛内人来此拜会槛外人很快复要回归红尘……

奈曼怪柳林

我喜欢异族特色的地名。譬如奈曼。

它让我想到一个少女婀娜的腰肢，和她深邃含情的眼神。她披覆着红纱巾的脸孔在正午太阳的光照下散发出迷人的烈焰。连我这样对美比较麻木的女生，也会有一刻的心动。

当我们踏着干燥的泥土路来到奈曼，我生命的词汇表里又增加了一个鲜嫩的名字：奈曼。

我必须把它记录下来，这词汇才真正属于我。否则，我拿什么证明我曾来过此地，来过奈曼？

我们此行是冲着怪柳林来的。或者说，我们此行是冲着"怪"字而来的。倘无此"怪"，我们不会在长途大巴上铆足了劲一气坐上三个小时而不觉得累。我们的胃口已被吊足，我们心灵的想象力已充分展开。

怪柳怪柳，究竟怎样一个"怪"字了得？

汽车在狭窄的乡间泥土路上停下，胸中藏笔的人鱼贯走出车厢。顶着正午太阳的烈焰他们朝前走着，怪柳在前，神秘在前。

看见了看见了，那群漆黑面孔的树挺立着枝干，并无一丝绿叶依附在它们身上，它们，就这样光秃着身子，剪影般立在天地之间。

像惊叹号，又像问号，这独特的姿势是它们用自己独特的方式发声，听得懂不容易，但总归要听出一些什么，譬如此刻，当我用文字回忆它们，我就是在回忆那一刻，我对它们的聆听。

看见了看见了，那群即使躺倒在地也依然保持坚硬骨头的树，依然没有一丝绿叶依附其身，它们，就这样光秃着身子，以令人惊心的线条在大地上写下四个字：我还活着。

是的，我还活着！这是我在奈曼怪柳林听见的最为响亮的四个字。近百年的风霜刀剑，近百年的人为砍伐，我们，献出了我们能献出的。喂牛羊以树叶，喂火焰以枝干，喂狂风以相互挽手的不屈。我们，献出了我们能献出的。

现在我们貌似死了，但我们并未朽去。我们依然在这里，在我们深爱的奈曼，提供你们，我们活过的证据。

我们因此不死！

赛　马

运动员进场仪式开始了。

一个盟有一个盟的队服，或红或绿，或蓝或黄，均蒙古族装饰。尤其让人心动的是，清一色骑在马背上进场。男人只有骑到马背上那才叫男人，我不由得暗暗喝彩。

第一次这么真切看到这么多男人骑在马背上！

摔跤手们袒胸露乳进场了，壮壮实实的蒙古汉子，经过主席台时手舞足蹈跳起雄风十足的蒙古舞。嘿，好样的！

嗒嗒嗒，群马拥进赛场，又酷又帅的马儿尽情跑吧，但套马汉子不答应,他们挥舞着长长的套马杆子,不让它们跑出他们的世界。

赛马比赛开始了!疾风暴雨一样往前冲的马儿和马背上直起身的骑手,加油,加油,男人只有在马背上才叫男人!

突然间我们的视线被一簇围拢的人群吸引过去了。哎呀,赛马手摔在地上了,我们甚至没有看清他怎么摔在地上他就已经摔在地上了,我们只看见那匹枣红马径直往前冲,马背上空空荡荡,它会取得冠军吗?

现在我们看见摔下来的那个赛马手,他一动也不动,救护车,救护车快来,他被抬上救护车时一动也不动。

离开赛马场,我的脑中萦回着的,始终是那匹空荡着马背的枣红马,和那个摔倒在地一动也不动的赛马手。

谁持彩练当空舞（组章）

■ 程益群

红 色

红色是一个很有张力的颜色，色度和亮度的不一造就了不同角度不同认知的显现和绽放，就像音乐从黑白分明的琴键中流出，就像花团锦簇的笑脸朵朵盛开，又如明灭不定欲言又止的呆立和顾盼，妙不可言而又不可言状。

曾见过猩红的嘴唇，如某种花，如某种言语，开合或者合开，不言不语或喃喃自语，难以捉摸；也见过涂着唇膏，略施粉黛，独自顾影自怜地盛开、表达，风过花隙，也有诗歌般的婉转。最是那暗藏的红色，明灭闪烁，左顾右盼，总想倾诉，却又欲言又止。

当然，红色似乎跟闲云野鹤无关，更与梅妻鹤子无缘。前者总是轰轰烈烈惊天动地，后者却是篱菊相依须飘袂摇。似乎是两个场景，两道风景线，可谁能真正明了或解读红色的内心以及它的诉求。

盖上红盖头是等待命运，掀起红盖头是期待生命。在生命和命运的对视和对峙之间，谁又能明了红色会承载什么？红色会延续什么？红色又会遇见什么？

紫　色

紫色是个原结构，恢宏博大。在原架构的舞台，只有神或者具备神性的人才能开始端坐闭目述说，而这种述说只有原级叙述才能囊括和包容，也只有站在高山之巅浴风披霞才能开始述说，述说它的力量，它的质感，它的光芒。在无期的述说中紫色开始渗透满溢和喷涌，使我们有了一种璀璨无比的精神版图，浩浩荡荡，波澜壮阔，绵延不绝。

其实紫色更像一个清逸的女人，优雅、脱俗、厚重而高贵，但她不能包藏严实，而是应该略露香肩酥背，以此作为花朵，绽放虚怀的力量和内敛的光芒。她不奢求轰轰烈烈的爱情却庇护爱情；她不追求绝色无比的美丽，但她惧怕玲珑剔透的完美——惧怕完美走到尽头，蓦然转身而猝不及防地出现假如有着瑕疵的背面而黯然神伤。

当然，我们每个人都暗藏紫色，就在我们心灵的某个皱褶某个角落，等待开放。每每自以为的不经意之间，罅隙绅士般出现，紫色就会喷涌而出，暴露我们暗藏的花朵，就像我们的手、脚以及闪电一样的思想被毫无保留地折射。

紫色一直在重门深锁的前方优雅美丽而端庄地静候着。

灰　色

灰色不是皱褶，灰色不是院墙尽头的仄立，灰色不是遥不可及的远方的形影相吊，灰色有金属的质感，光芒暗藏。

月下独酌，那是一种状态，一幅画面，有时也是一种自我消融，庞大如雷鸣般咆哮的机器，毫无节制哗哗地印刷着我们的心境，铺天盖地——那只是内心的声音。一座浮桥蜿蜒疾驰而过，状如闪电难以把控，灰色难以站立，孑孑而行，战战兢兢。只是光芒不期而至，遇见灰色，不知所措。

突然想起一人，目光不知是幽怨还是疑惑，声音不知是流淌还是倾泻，心境不知是否因为想点墨成灰而轻易会被侵袭，而身影摇曳如柳，灰色丝巾，灰色衣衫，灰色目光，灰色等待，灰色弦音，有时真的难以表达。只是向远而去的倾斜，难以描述形态，难以辨别颜色，一如远方是否会有远方。

就在维持姿势的决定性的瞬间，烟火明灭，那是灰色即将涅槃，是火焰短暂的歇息。

橙　色

橙色不是颜色，是一种气味，是一种心境，清新，淳朴，肆意无向，随处飘散，让人不知如何思念，让人难耐急切等待。

橙色具有一位姑娘最多的特质，风儿吹过，姑娘轻声呼唤，橙色就是声音，淡雅清香。途经心房，又邀上另一位声音，声声相连，调调相依，就成了看得见的声音，就成了摸得着的姑娘，就成了一盏永远高举的灯——那一抹远行的橙色。

我时时想到我的女儿，想着苹果、橙子、葡萄，担忧，还有思念在我女儿成长中的价值，那被我收藏的橙色的杏子，沾满了女儿独有的味道，就像一阵风，把我呼啦啦吹成一面难得展开的幡旗，真想她能看见。

一个雨天，本来是个灌溉的日子，却看见一只蝴蝶，在雨水和风结成的阴谋里，橙色的翅膀沉重无比。这时我想起了我们都有过的苦难和苦难中的幸福，蝴蝶此时也感同身受，它用微弱声音般的小手紧紧依附着我，面容憔悴却充满感激，它与我对视，眼睛里有橙色的温暖。在一个无雨的空间，我想让它飞走，它也真的飞走了——一条优美的橙色曲线！我给女儿打了一个电话，只是"喂喂"，却发不出声，但我想她能感受到我的声音是橙色的。

有时候我在想，我忽视甚至无视很多东西，比如玻璃，却不知道为什么对同样是玻璃的镜子流连顾盼。如果到处色彩斑斓，谁来保护那一抹橙色？

青　色

青色就是一条蛇，千百年来蜿蜒绵亘，起伏逶迤；千百年来鳞光闪耀，电光火石；千百年来人们一直在呼喊小青小青，今日她一袭青衣，戛然静立于所有人面前，等待爱情。

有时候她真的说不出爱情或者说不出爱谁，所以一道青光闪烁明灭几千年，如巨石上的划痕，星星点点，在留下人间一片风景和传说，于自己空留一身孤独几许落寞，到了永无尽头的尽头才明白不爱也是爱的完美呈现。

不爱不是不爱，不爱的背面就是爱，只要你转身。可她偏不转身，那几千年的青光如丝如帛如绢，光洁柔顺纯粹，稍有迟疑或者质疑就是一个结，转身就是一个伤口，就枉费了千百年倾心一诺仪态万千的逍遥一游，所以，就那么孤独站立，就那么远远眺望。

其实，爱与不爱、爱与被爱只是互相遮盖互相隐藏，就如万千事理，百条江河，都有一个永远存在的出口，只有连接，没有滞留。如春天惦记着夏天的火热，夏天惦记着秋日的成熟，秋日惦记着冬季的收藏，冬季惦记着春日的阳光，我们还谈论什么爱情？

棕　色

一梦惊醒，棕色疾步奔驰，棕色是一匹汗血宝马，几千年的重负，气喘吁吁，人如烟海，栉比而去。

你我难得坐下来真实对视，看看脸上的风痕，看看眼中的倒影，看看脊柱弯曲的角度，听听血液流动的声音，想想过往，谈谈母亲。如果我俩都身处黑屋，我知道你的存在，你也知道我的存在，无需寻找，仅有挂念，那就回忆母亲吧，那就大声呼喊吧！

母亲就身着棕色长裙怀抱麦秆出现了，我不知道她是从油画里走出来，还是准备走进油画里去？但她没有发现我们，因为我们置身暗处。母亲在唱歌，母亲在汲水，母亲在劳作，母亲在做着母亲。棕色的井口随处可见，棕色的井口回声阵阵，棕色的声音溶入井水，棕色的母亲等待褐色的父亲，棕色的母亲想着她孩子的生长姿势，她没有发现我们。可母亲，当大门缓缓关上又慢慢打开，你不时倚门而立，举目向远的时候，你是发现了什么还是思念暂时置身黑暗中的我们？

棕色突然从内部打开，如母亲的手势，那是镀着金边的棕色光芒，那是抽出棕色剑鞘的利剑，直指我们的黑暗，意欲一剑斩开，可我们却快速逃遁。因为此刻，我们必须匍匐而行，于暗处面壁。

黑　色

没有想到，不可预期，难以避免，黑色就来了；就像过去，也像现在，但不知道是否是未来，黑色就来了。就像一个巨人，提着他那包容万物的行囊，以看不见的姿势，用难以觉察的身影，步履无边，声响如雷，贯穿一切，来了。

一万张老照片，一千台手摇放映机和满满一片被一道亮光划过的黑黑脸庞，在一个夜晚制造着黑色，也在浓缩着黑色。黑色相互凝视黑色相互拥抱，黑色亲如一家黑色众志成城，但你我并不知晓，而且黑色在暗夜里倾情击鼓，鼓声如梦如风，浸入千家万户，如帛如绢，温暖每张笑脸，轻抚每个伤口。而所有的这一切，都被那黑色的胶片柔柔地打了一个蝴蝶结。

一盏油灯是暗夜的一个伤口，但伤口不一定都是伤痛。有时候伤口就是一朵花，就像在黑暗的背后，就像在黑暗的原始疆域，黑色人头攒动，黑色难抑激情，黑色一触即发，黑色在考问和评判着光明，黑色如蜂酿蜜。黑色如灯开花，黑色围着灯下一个人，如胶似漆，情真意切。

有时候，当你置身黑色，真有一种被一滴树胶滴中的感觉，你左扑右挪，你手脚并用，你倾力挣扎，但你就是不能发声，你就是无法看见，你甚至不能思考。但为什么一只萤火虫提着蓝莹莹的小灯笼，却那么轻易地将黑暗刺破？

白　色

用一把剪刀将厚厚的时间剪开，白色就迫不及待地奔涌而出，那能暴露一切的白，就像我们时时看见的万事万物。有人说那是一道闪电，有人说那是一声呼唤，有人说那是一个眼神，还有人说那是一个永远存在的身影。

我们以为白色无形无物，我们以为白色无声无影，我们以为白色无欲无求，我们甚至以为他们不需要水和粮食，只是生长、庇佑。我们以为白色什么都能承受，以至于我们完全忽视了那一片一片的纯洁，但当白雪用寒冷告诉我们温暖，冷霜用严酷诉说善良，你能理解那白色的良苦用心吗？

有一段时间我固执地认为白色就是脸谱，他们次第登场，他们躲在黑色的后面，细细地笑，偷偷地看，笑那三千里的故国，看那二十年的深宫场景——那是他们一手导演的一出戏，不知道他们是自责还是得意，是侥幸还是内省。后来我明白，其实善良和仁慈远比资质聪慧更重要更高贵。

世界千变万化，世界纷繁复杂，世界千头万绪，世界暗藏本真。白色的本意是把一种世界自在的习惯或者一种顺序变得美好，让他们都有依靠或者互为依靠，相依相偎，比如你来到这个世界有你要做的事情，我来到这个世界有我要做的事情，就像白色，他不需要你感知他的存在。

　　只是，我一直想弄明白：现在被我们贬谪的白是什么白？

我的内心被雨水濯亮
（组章）

■ 陈 俊

我的内心被雨水濯亮

河流的草帽戴在山上，隐在山林中。我们找河床的深浅和夜晚的浅深。

河流被棺木抬到高处，超过了哀悼的视线。

有石头的门关得不紧，被风尘打开。背后的思想者的雕花影子，落满岁月的泥垢。

草木的汛期被谁抬脚跨过，雨水停在窗前。漫天遍野追逐野马的蹄痕，蚂蟥在树枝等待血红的落日，紧张而兴奋。

我的内心被雨水濯亮。

洪水退去，大野露出平阔。

乌 云

乌云的翅膀已经苍老，它落下无数羽毛。
天空终于回到屋里，坐在窗前说话，声音穿透自己的旧装。
我一如从前的样子，看着乌云的变化。
乌云说着说着就闭眼睡去，隐向更古老的天空，神秘莫测。
光线站出来，指一条路的边沿。
乌云抱紧大地的地平线。
我看见平川辽阔的悲凉和乌云跃起的泪滴。

白鹭飞

白鹭飞回田野，它用爪子抓住水野明晃晃的葱郁。
白鹭再次捡起水中的影子，站在一块千古孤独的石头上。
水面的辽阔让它兴奋，它的喙一次次啄痛天空。
它的身姿多么优美，让天空多出飞翔的弧光。
我看着眼前的一切，张开双臂。

陷落的夕光

现在，这一片夕光多么安静。它站在湖水中，脚下有多少陷落。
它穿过镜子，往事已开始收拢。它聚集回想的力量，只是太平静，连挣扎看上去也似有若无。

那就咬一咬湖边那一束有些苍老的草，青涩是嚼不出来了，岁月有些干硬的滋味。

依然红着脸，在一面云后望着，望着，望着。最后自己也感动了，只是依然那么平静，欲说还羞。

石头的内敛做不到

风会亮起来，木头会走到尽头。而曾经的火会躲起来，它把自己躲进灰烬里。雨水带走漂泊的一切。石头抓住自己，它把所有对外的窗户关紧，滴水不进。我们肯定做不到。在一场岁月的大火中，我们与石头的内敛擦肩而过。风尘笑着风尘，大地和天空时而混沌时而清明。风木水火轮换着它们的时装和内脏。

酒，透明的身体

已经不需要证明，我的沉默后面的热度，癫狂。欲痴欲迷。已经不需要表达，我倾情而来的脚步已陷入地壳多深。我的火热掩饰得多么好，如果你还没有足够的诚意，没有足够的抵御力，请不要端起我。大火会漫过你的骨头，在你沾唇过嘴之时，之后。我会让你翻江倒海。但也许是欲醉欲仙，找到飞翔，燃烧，意气风发。一旦进入你的内心，我的爱和激动无以复加。而透明是我的另一个标签，在透明的杯中我透明着全部，我学着绅士一样深水静流，让汹涌藏得更深一些，让色彩隐得更远一点。是杜康从水中拎出我的五脏六腑，点燃了我心中的火，渴望已久的燃烧。我曾与李白、苏轼为伍，我们举杯邀明月，把盏向青天。我是粮食的魂魄，不为填饱你的饥肠。我是寒夜里唯一能驱赶你相思愁苦和孤独的洁白的温暖。也许透明仅是我不得不深藏的一种表现，我喜欢透明地出入你的家门、打开向阳的窗户，找到那个叫诗意的家伙，一生一世。

今夜我在雨水中呆立

做一棵草好，在雨水中呆立，泪水闪亮。雨水站在草上能看多远，草用它的芒穿透夜雾，没有闪亮的背影是个痛苦的事件，雨水不能照亮路，它把路滴得稀里哗啦，雨水是草的偶遇，不是草的全部，只在今夜赶走草的月亮和星星。

有没有很冷的尘粒今夜依附草的衣袂，一滴水也会将远方变成它的洪流，陌生的树影里闪烁的水影是花开前世，我的草丛虫鸣枯绝，草木干净，遗落一枚种子只为放逐今生。

忘了一块泥土的安慰，忘了我是风摇荡却不可带走的那片顽劣，没有修炼，爱得一塌糊涂却悄无声息。

窗外一滴一滴，而我好久不曾打开窗户。谁蒙面而过，将我丢弃在风声中。穿过梦和含泪的一生，星光沉默。断章残卷，一首诗生出草木之态，今夜，我要等夜深人静后摘下雨冠，摘下草木之珠和浮动的明暗，看雕刀尖上那一滴疼痛。

自然的馈赠

■ 清水

一

有时候,你也怀疑。
关于年轻的心灵、关于古老的命运。怀疑命运缄默,白石寥寥。
但我听到的穿透黑暗森林的声音来自何方?
你以黑夜的笛音重返的奏唱。

二

更多的光影湮灭在水里。从黑夜到黎明,从日落到又一天的太阳升起。

一些事物平静地出生，而后平静地死亡。一些则在剩余的时间里寻找返回的路程，然后还原为荒草。钟声。河流。谷物。黑暗或光明。经过一个漫长的旅行，这些清凉的事物总会出其不意在它们曾经出生的地方等你。会不会有复生的智者的灵魂？

当我说出这句话的时候，我看见你一步一步往前走。我看见你在前面走。

而雪，在你身后飘落。

三

雪终于来了。

天空向深处滑行。

起初在船上，后来在白色的陆地上。我发现奔跑的房屋和人群。

暮色降临，钟声敲响暮霭，一声接着一声。钟声从何处响起，又往何处而去？渐渐地，再也听不到那一击，这最后的钟声连钟一起消隐在了绵延细密的雪的时空。古朴淳沉的木杵，眼沉如水的高僧无从寻行。

人们站在皑皑的白雪。相信一场如期而至的大雪是另一个世界。

四

被澄澈的灵魂指引的我进入一粒雪。

传说中，雪的神峰白云缭绕。

神峰下的海水里有贝壳。

贝壳上,天空里一点点蓝的颜色。

五

我们用鱼的语言交流。

我们潜入水下,游向天空。

我们分享同一种陌生的兴趣或者突如而来的忧伤。

一些水流进了我的血液。我试图破译某种古老的令人愉快的细节——

一页密码。一行墓志铭。一个梦的赠礼。

可是,那永恒的难以破译的,你青铜的菱镜,你栽下的智慧的言辞,你第一次见到我又遗忘了我的,你的勇敢和慈悲。

你此刻的黍苗的黎明。

六

风吹落了更多的树叶。

风吹空荡荡的橘树。

光的手婆娑枝头片刻流霞。果实弃置一旁。

使路人遗忘了的,橘的果缺少投机的本领和严肃的热情。它们一个个光着脚,打着瞌睡,汁水压裂了黄昏的落日光景。

静默的事物一无所获。地黄花开的早晨,一条河流带走了它们。它们承载那些流水,流水也承载这些事物。下一个季节来临,河水开始变得清凉，它们又会无声无息地回到原来的地方。

河流巡行，一路清洗窗子、瓦片，清洗一些匆匆赶路的内心。

那些绵密的、鱼鳞一样的光温柔流淌。很多时候，这些水也会突然穿过白天的视野，进入一个秘密的山峰或者一条陌生的江流。

我看见一个古老的故事在瞬间发生，又在瞬间消失不见。

更远处。它又得到了新生。

七

一些水驮着月亮涉风行走。你肯定长久地注视过。

这月光鳞片，越过几条河岸和傍晚，越过途径的松树们的嘲笑，到达某个不知名的港口。

水的丝绸刚刚织成，初雪喂养在织锦里。你忘记了种种痛楚。

除了彻夜不息的水声，你听不见任何声音。

八

人们总认为你比流水好。

一些人怀抱刚出生的婴儿前来浴洗。枯草中，一只年轻的蟋蟀奄奄一息。

鸟儿扫视一条条河流，它们给婴儿施洗，给蟋蟀疗伤，它们将乌云和花瓣一一收集，植入更低处的土地。鸟儿们希望枯黄的干草和流水一样，仍然富有心灵的意志和柔软的气息。

一些深层次的细节阒静而持续。

原本你就是流水。同一个夜晚人们发现。

九

更多的夜醒来。

放弃了修辞和尖刺的温柔,空气中有低低的风声。

除了安静地生长,你开始和夜的芨芨草,芨芨草叶上青翠的、开败的光影有了某种默契。

那些陈旧的墨水、画布、画布窗棂上清凉的琥珀月光!

半夜临近,半夜正是那极好的正午时光。

白昼的喧嚣慢慢静寂,而沉沉的夜,覆盖了尘土和荣华,此时,它正以夜的意志升起为自由而光明的乐趣。

更多的夜又依次入睡。

夜的亮持久在你的内心。

哪一种爱不是千疮百孔（组章）

■ 张道发

哪一种爱不是千疮百孔

——给小梅

　　昨夜，又梦见我们在空旷的夜色里吵架，后来，我索性狠心地背过身去，不理睬你。

　　先是听见你小声啜泣，接下来是你绵绵的呜咽，融和着秋风下的落叶在静夜里涨潮，直到你的泪水泡软我一颗坚硬的心。

　　这么多年，我常常闯进这样的梦境，心变成一口幽深的井，无论我怎样挣扎，也爬不出你潮湿的阴影。

你曾经如一只精致的皮包,历经多年风霜的侵袭,早已变得千疮百孔了。这其中无数个伤痛的孔眼是由我击打出来的。

我时常想起那年在泯江边的石溪镇,十九岁的你涉过初夏雨街的积水,提裙小跑迎我的样子,浑身透出青玉米的气息。那时谁想到多年后,我们竟揣着彼此伤害的疼痛互相惦记着。

我曾想与你彻底分手,决心在心里下了一年年又犹疑了下来。我常梦见你温情脉脉地爱我,许多甘美的记忆不请自来,冲淡我内心的苦涩。我们一年年怨恨与和解,就这样蹉跎了最好的时光。

光阴一点点修补我们留下的洞眼,它的耐心和温柔让我为之深深哭泣。

暖风消融你身上的冬天

今夜,这些从深寒的冬天里逃生的蛙鸣,让我在淡绿的星光下,一次次泪流满面。它仿佛是一种崭新的爱情,仿佛是爱情中轻柔的话语。

村野上刚刚来到人世的万物,都在聆听这稚嫩的声音,且以自己的方式生长。

一棵在河边散步的老柳树也得到了召唤,它将枝叶上的芽苞秘密打开。

水影里也有同样的一株,它们互相在暖风里招摇,彼此听到内心的回声……

而我,一个衣服上沾满夜色和露气的人,也悄然将上衣口袋敞开,我要装下几声星光下的蛙鸣,带回我的小屋,与那些弥漫植物清香的诗句放在一起。

我更愿意将这些新绿的蛙鸣，送给久居闹市的你。它是这样的一股暖风，消融你身上残留的一点点冬天。

不知缘由的叹息

我常常在深夜听到一个人的叹息，宛如风过林梢的悄响。黑黑的夜色里，这粒火星子烫疼我的心，我忍不住以同样的叹息回应他。

这个叹息的人是谁？他遇到怎样难以排解的烦忧？在如此深的夜里失眠，无人宽慰的心只能发出一声叹息。他的头垂下来，一丛苍白的花刺激我的伤感。

抑或他过得平静，轻叹只是日积月累的习惯，他卸下一天繁杂的事务，叹口气就轻松了下来。

记得母亲临睡前有叹气的习惯，多少年从未间断。我在远方谋生的那几年，夜夜能听到母亲的叹息，心酸得难以言说。我渐渐也学会了叹息，与母亲的声口越来越像。

旧家具在静夜发出破裂的咔擦声，蛐蛐在凉风朗月的暗影里鸣叫，一只孤雁划过苍茫如水的夜空，小动物在梦中发出呓语的惊颤……这些都形同一个人的叹息，在深深的夜晚，带给我温良的不安和悲悯。

大雨倾城（外一章）

银河望

雨，稀里哗啦地已下了两天。

此时，云黑，天低，密密的雨点，落在马路上，砸出无数个小水坑……

大街小巷，到处是没脚的雨水，没脚的雨水四下寻找着下水道。

许多人像我一样，躲避在一张雨披下，或者藏身于一把伞底。可是，依然能感觉到衣服紧贴了肌肤，鞋子在往外渗水。

与这样的大雨在梅雨季节相遇，本在预料之中，而意外的当属一幢比一幢气派、华丽的楼宇，根基下却是越积越深的雨水，雨水中漂浮着黑色垃圾袋，裹挟着城市排泄物……

面子工程必须光鲜，至于里子，反正一眼看不穿，便大摇大摆——可以浅显，可以不畅，可以藏污，甚至纳垢，甚至堵塞，甚至致命……

微风细雨

透过一滴泪,凝望前生:山远了,红谢了。

湖平静,心枯萎。

转山,转水,转前世。

春,真的回来了吗?亲爱的,一茎新芽从我的枯枝上已然萌发,起舞,缠绕。每一星绿意都向你伸展,每一朵花瓣都积蓄娇艳,在一个微风吹来的清晨,一丝一丝为你吐蕊,一片一片为你打开,打开……

我的妖娆,不是那勾魂摄魄的罂粟花,我只是旷野上千朵万花儿中的一朵,紫着淡淡的心事,粉着悠悠的柔情。

今生,你化为一只蜜蜂,如约,迢迢飞来。我知道,你是为了和我在这风中舞一曲——蝶恋花。

天高远,水清洌。

岁月的河中,亲爱的,看见了吗?水中飘摇的那一丛丛水草,就是我为你蓄留的飘飘长发啊!

流水的日子,乌云涌起,任森林摇荡,绿浪翻滚,我依然是大地上那一树疯狂的守望,为你守得云开天明。

我们是两粒和着同一节拍跳动的水音符,点点滴滴,细雨洒落我的荷塘,我们荡起一圈一圈同心圆……

亲爱的,莫叹山高,莫惧路远,守一处葱茏,任水一样的日子,悄悄滑落,哪怕有一天,我们会像飞散的蒲公英,那也是我们化蝶后的美丽。

正在沦陷的故乡

■ 吴佳骏

荒园子

　　一个人走不动的时候,路就变得短了。上坡啃食青草的山羊,也不再出行。只需留守家园,细嚼被岁月拉长的胡须——充饥。

　　一个人走不动的时候,人就变得小了。学会蹲在一块荒园子里,跟一群过往的蚂蚁游戏。并献出身上松懈的皮肉,做一顿最后也是最美的晚餐——赠灾。

　　风在远处叹息。肚皮胀得凸鼓的蚂蚁,借着一根朽坏的骨头,在里面建了一个温暖的巢——躲雨。

油　灯

一盏油灯，拨亮满天繁星。土屋的墙壁上，爬满了萤火虫的光影。屋角的木柜上，一台老式黑白电视机，正在上演一场新世纪的爱情。哭哭啼啼，没有观众。

人的注意力，停留在一双沧桑的手上。那双手凭借一枚锃亮的钢针，缝补逝去年代里的事情。记忆像燃烧的火苗，徐徐拉长。一个孩子看见父亲的年龄，与他一样小，然后，在故事中睡着了。

那盏油灯就这么燃了许多年，时间的罡风也没能把它吹灭。电视里的故事重复着播了很多遍，上演了又落幕，落幕了又上演。而孩子的故事才刚刚开始。

吹口琴的老人

一个老人吹着口琴，从街边走过，赶路的行人步履匆匆。没有人听懂他吹奏的旋律，人类对疯子充满厌倦。风把他的影子拉得很长，在一个午后，像一柄剑，击穿内心的独白。

口琴有些陈旧了，边沿已经掉色。颤抖的手指掌控着口琴的节奏，曲调似断腿的蚂蚱，在蜡黄的脸上趔趄着舞蹈。神情专注的样子，像一部老电影里的某个情节。

老人每走过一个地方，就留下一个问号和叹号，把一个无聊的下午，分隔成众多个片段。记忆粉碎了，生活苍老着。老人走过的道路，铺满哀伤的夕阳，在诉说往事。

黄昏降临，赶路的行人依旧步履匆忙。

生活在故乡的事物

父亲的烟锅燃着陈年的火星，母亲的背篓装着时间的干柴；牛背上爬满嗜血的苍蝇，羊羔在枯草的尖叶上吸奶；炊烟在傍晚呼喊黎明，农具在墙上守候春天……

生活在故乡的事物，一次又一次让我这个游子心寒。

村头的那口池塘，水越来越浅，像我的记忆，在遗忘我的母语。几只野鸭，站在岸边，仿佛几个孩童，望着苦涩的童年和孤独的幸福。

良田里，荒草萋萋，锄头的残骸在地底寻找前世的主人。五谷早已远离太阳和风。几个老人，匍匐着卑微的身子，在捡拾荒年遗落的种子和旷世的忧伤。

他们是大地最后的亲人。

房子，已经空了。朽坏的梁柱是老人的肋骨。雨水从残破的屋顶漏下，一对蚂蚁正在墙缝中搬家，像一个个逃难的人……

故乡许许多多的事物，就这样消失在活命的路上。

正在沦陷的故乡

下午三四点钟的时候，我散步在故乡的山路上，寻找走失的青春。路的一头，连着我出生的茅屋。茅屋里，装着太阳和月亮，还有我童年的梦想。

山坡上，庄稼收割了。粮仓里，藏满了疼痛。每一粒麦子，都是我祖先的信物。我幼年爬过的那棵树，又老了许多。它的年轮上，刻着吴氏的族谱。树的根须，是我身体上放大的毛细血管。血管里流着的，不是血，而是贫穷和苦难。

风穿过树林，穿过我的前世和今生。大地上烙满我踟蹰的脚印。每一个脚印，都是我心上的疤痕。那是一种挥之不去的旷世哀愁。那哀愁，是我父辈的，也是土地的。像一片乌云，或一片阴影，飘荡在命运的天空。一旦降雨，就是一场灾难。

爱和苦，把我锻打成人。

我不想用凭吊的眼光来审视我的故乡，但现实总是让我处处碰壁。河流正在消失，花朵正在远离花期，候鸟正在迁徙，荒草正在淹没墓碑……

我的故乡正在沦陷。乡村已是一个遗址。

我终于成了一个无家可归的人。

我一个人在故乡的废墟上行走。我试图用我仅存的天真和脆弱的爱，在那荆棘丛生的遗址上，找到我降生于世的来处，我的悲悯，我的灵魂。

可我每走一步呵，都泪流满面。

夏之六章

张建春

合欢花

绒花而已,我可曾摘下香甜的睡眠。

我喜欢这样的日子,推开窗户,太阳和合欢花一起走来。香水的润湿,比不过自然的造型,她站在那,世界没有渗透不了的隙缝。

世界好小,合欢花只不过是故乡三间草房边的遗存,她轻碎小步,撵进了日子深处。

出门撞个满怀,之后是花粉迷眼,我对准阳光,将一天看得清清楚楚。花无百日之红,而生长在夏天的爱意不该如此。

夏夜不再失眠,合欢的花朵,飘落于我的枕边,故乡拍我心跳,催眠曲起伏跌宕……

孤　石

炎热撞击，太阳吹起石的粉末，千年的石仍用千年的沉默，沉默。

石边草绿得耀目，晨露刚落，灰尘样归于泥土，养根养叶，也养了石的心路。滴水如缕，石里的三叶草活了，活在细腻的石纹里，却不把叶交给太阳。

孤石兀立，把秋天的事，记在了夏的年轮上。石无果实，沉在土地上的印迹，勒紧了时光纷度的翅膀。

心跳于炎凉之间，守一抹沉思如水，守一片宁静如石，夏的尺度自可量出深度。

石又如船，驶于太阳铺出的河道，无网可撒，无鱼可捕，无帆可扬，陷于孤寂，四周水声坚硬。

野

城中也有野地，匆忙的车是奔跑的兽，红衣绿裙，就是花花草草。

我领一骑野马，通过山水交割，城中的湖不失性格，暴雨刚过，溯水的鱼跃上观景平台，看一地流逝的目光，谁在为美感叹，谁在为失约的人流泪？

写诗的人纠缠在夏天的城，为一行诗歌吐出心的血迹，他肯定是边缘与市声的人物，渴望郊外，有一处落着不食人间烟火的小鸟。

千年的狐在城中漫行，她已化为人的模样，夏天的风吹起裙摆，野性的尾巴伶牙俐齿。

今夜有人买单，为一抹野风野韵……

台　风

水被抬起。恣肆的风叫台风。摧枯拉朽的风叫台风。停歇心头，久久不愿离去的风叫台风。

关起窗户，在摩天的楼层，等待骄傲的太阳被吹灭，等待闪电的隙缝，走来按响的门铃。一串走红的音乐，只不过是目光交流的前奏。手留在旷野，早扎下深深的根源。

之前有蝶的翅膀颤动，海洋深处浪花朵朵，绿植的花粉，在千万里之外，蝶乘风而去，一个世界忙于恐惧。

传播爱情的寻求，怎么就生发了一场灾难？

这个夏天，在台风的绞索里，凉意四起，又酷热难耐，揪刚离去的台风尾声，织一领捕获飞翔的网，撒出去，该能捕捉到走失的笑声。

禅　意

一棵树落叶于地，砸疼了脚下的夏天，叶枯卷随风而去，一星火点燃了，它成了另处风景的春泥。

石取自于山的痛苦，怀揣断裂的噩梦，安家于城的一隅。

流血之石成了景观，捆绑的铁链上，串满了丢失钥匙的铜锁。

谁会在意一把锁的开合，如看不见石的泪痕。

风在人的手中,名人字画,为一把扇子着墨。夏沉着,它看着字画迷失,被小小的折扇,推来搡去。

消　失

巢穴空空,黄嘴丫鸟儿飞去。

一棵树少了家的重压,陡然地轻松,让它开出第二茬花来。消失的鸟再次光临,看花红如旧,舔舐如蜜的回忆。

消失的仅是时光,鸟语稠密落在了地上,又被夏日的炎热托起。

(鸟语升上枝丫,黄嘴丫儿老练成熟。)

丰满的翅膀,带上蓝天的畅想。一羽尾翼被阳光折断,注定了它的消失,在预约的方向之外。

盛夏的巢穴,消失的仅是呢喃。种子熟了,落地发芽。翅膀硬了,必然飞翔。

夜的眼（组章）

■ 李 成

花 园

　　在我的窗外有一座花园，碧绿的树簇拥在一起，叶子爆发，像瀑布一样高悬；绿丛中，时而有一朵猩红的花蕾像火焰一样闪现，又像云霞一般飞动；一座亭子在绿荫下沉默，总在等待谁来临，凭轩叹息，遐想联翩；假山上的溪流单调地重复，而鸟语声喧，露珠串串，一道道闪电神秘地潜入，波涛汹涌，整个花园就像一座岛屿出没于万丈红尘与人海潮汐，向着彼岸航行，并在途中把一切的喧哗与躁动化为一眼喷泉，天幕那闪亮的屏风上云影匆匆……我常常临窗而望，怅然若失，直到微风吹来拍动窗帘，一刹那间，我不知道身在何处，眼前所见是花木泉石,还是被风掀开的心灵的一角抑或昨夜的梦境!

期待一首诗

用漫长的时光期待一首诗是值得的;用漫长的时光期待一首诗或许是命运。

我坐在时光的深处,不一会儿,就是满面苍老的容颜。但她仍是那么年轻,那么窈窕,那么轻盈,走过来,仿佛脚步无声,走过去,也只有一道泉水的银练。

我起立徘徊,天光云影随我移动,像一座花园。我多么渴望与她携手而立,看云舒云卷;可是正因为她的到来,大海上才潮起潮落。她转身离去,一天的海光像瀑流一样崩泻……

不,我要与她真真切切地见上一面,我要凝视她深而黑的大眼睛,在多么漫长的夜晚,便有明亮的星空把大地上失眠的森林照亮,我以一棵藤蔓的速度穿行,跳跃向地平线……

但是她迟迟不来。我的心便如石扉不开。我的头顶一次次落满暮霭……

流云暧叇,泉流细细,喇叭声咽,小径上飘下一片又一片落叶:

或许,这就是她的足迹;或许,真的需要用一生来等待:她来临的一刻,光彩照人,光耀寰宇……

一棵树的旅程

你从两个方向寻找你的人生——

一个在地上，那种茁壮的躯干向天空撑开遒劲的枝丫，爆发出无穷的绿叶，青翠碧绿，散发着清芳；在你的头顶和肩臂间，无数的鸟儿在这里上下跳跃，不断地歌吟，仿佛是一座乐园；而阳光也像鱼儿一串串地在绿荫里游动，并衔来无数鲜艳的花朵——啊，清风吹拂，朝露晶莹，你的周身就洋溢着春天般的愉悦，蓬勃的力量在迸射！

　　可是，你在向上伸展的同时，却在地下艰难地掘进，——这片板结的土地是你牢固立足的根基；你每掘进一寸，都会碰到岩石、碎砖，玻璃碴更是切割着你柔软的根须，你只得迂回，曲折地向前，向深处穿透过去，无边的黑暗包围着你，潮气、湿气腐蚀着你，虫蚁啮食你，但你还是汲取有益的养分，锲而不舍，没有一丝是绿色的，你的每一寸肌肤都黧黑，胼手胝足，节骨嶙峋……

　　因此，一个人要想真正读懂一棵树，就不能只读他那茁壮的躯干，遒劲的枝丫，碧绿的叶子，满树的花蕾、阳光，更应该读读他盘根错节的深入泥土的脚趾，读读他每走过一寸土地刻下的伤痕以及穿越的无尽黑暗……

　　从来没有一棵树是单向伸展的；从来没有一棵树只停留在地面的繁华——地上、地下互为倒影，互相映发，一个有多高，一个就有多深——只有小草，它的根须才是浅浅的，因此它绝不会长得多高！

　　这多么像人生！你准备好了吗？如果你要做一棵参天大树，你如何开始你的生命旅程……

夜　窗

　　我向漆黑的夜开了一扇窗，窗户里流泻一片灯光；

整个世界都围拢来了，吮吸这一片光亮。
云彩从我的窗口飘过，风从窗口刮过，
星星把自己点亮，像一只只闪闪的金甲虫飞过；
萤火虫掠过去，光点上下起伏。
浩荡的绿树从窗户边流过，像一条河；
河流也浩荡而来又奔腾而去；
一切都从我的窗户经过，大地在转动，大地在围绕太阳旋转，
只是此刻他自身创下的阴影笼罩着这一面；
我的窗户对着银河，我在银河里亮着一盏灯火，
我的灯火不过像一只萤火虫，可是它亮着，
此刻，一定有人看见了我的灯火——
他在另一颗星球上，他的夜窗也对着银河，
我们之间隔着茫茫的宇宙……

夜的眼

夜的眼，是那一泓泉水吗？艰难地从山岩间，从地层下沁出而汇聚、涌流，一点点地凝集着光明；

夜的眼，是那一颗颗星辰吗？从夜云背后露出面目，冷冷地窥视着人间，以它们的千年不变的目光，仿佛不屑地注意着大地上的陵谷变迁……

我多么希望自己是那蜿蜒的小溪，即便夜幕浓密地包裹下来，它仍在潺潺地奔流……

夜的眼，是那一点点跳跃的渔火吗？无边的湖面旷远而黑，只有那渔火滋滋地把夜熔烧了一小角，一小片；

　　夜的眼，是那奔腾的海浪吗？不管是白天还是黑夜，它都翻涌着浪花，携带着电，要从地平线上漫延穿越，要把那无形的幕壁洞穿，而去荒山野岭唤醒一片花的原野；

　　我多么希望自己是那警觉的猫头鹰，即便夜是那么寒凉漫长，我仍在树枝上睁着炯炯的巨眼……

　　夜的眼是那散布在丛林、荒野、戈壁上的野花吗？当夜寒包围而来，它散发着淡淡的清芬。

　　夜的眼，是那从悬崖上坠落的瀑布吗？它的一道白，无论如何都不可能被夜的墨涂染，它的声音仍怒吼如雷，滚落得很远。

　　我多么希望，我是那持灯者，我走向我的小舟，把灯挂在桅顶，解缆，向着江洲而去。在那里，夜宿着许多大雁，我不是去捕获它们，而是去守护它们，让它们好好歇一下足，明天继续以一个大写的"人"字横贯蓝天……

　　夜的眼，是那空旷的广场吗，白天，那么多杂沓的脚步都已消失，只剩下水泥地面，在空空地咀嚼空旷与寂寞；

　　夜的眼，是那烈士塑像高举的火炬吗？岁月骎骎而去，他始终在举着这枚象征的火炬，失落的信仰早已如秋风中的落叶，堆积满地，但他相信，秋之后有冬，而冬之后，还有一个春天。

　　我多么希望，我是一只蝴蝶，在夜里也可以轻轻拍击翅翼，抚慰每一朵花的未眠……

夜的眼，是那高高的钟楼吗？圆圆的钟面多像一只渴欲穿透时间的望眼，它挥舞着交叉的剑戟，似乎在迎战时间，又似在等待刻骨铭心的一刻，譬如日出的瞬间……

夜的眼，是那旷野里自燃的矿石吗？风雨将盖住它的泥土沙石吹去，它终于从千年的黑暗地底露面，而内热让它"倏忽"燃起了火焰……

如果需要隆起，我多么希望自己成为一座雪峰，在夜晚，即使我内心缄默，也能反射天幕下任何一缕夜光；又或许需要平复下来，我愿意是那地平线，东方的地平线，当最初的一缕曙光吻上我的身躯，我会苏醒过来，给所有的夜间焦虑者一个关于夜之眼的谜底：从此天下大白……

鸟　儿

如果有来世，我愿意做一只鸟儿。

你看，它们生来是何其简单而自然，从一枚小小的鸟卵里破壳而出，便献给世界以清新嫩脆的叫声，那么欢悦！

它们所需是那么少，只需在树叶间搭建一个小巢，一家子就欢欢喜喜地团聚在一起，每天进进出出去觅食——也只觅些草籽和坠落的果实，抚育儿女，也始终亲切，带领它们在林间上上下下地飞。

有闲暇就歌唱，就啁啾，歌声、鸣声中充满对天地的赞美。

小小的眼睛是那么透彻平静，仿佛对世界有很深的理解和基本的信任，平静、安详，从不惊讶，似乎没有什么值得惊讶！

只对人保持一份警觉。

从来没有见它们垂头丧气。从来未见它们疲倦。

只要有一根树枝儿供它们晒着阳光，蹦蹦跳跳就足够了，就从无烦恼，甚至也从无怨怼，几乎不攻杀同类。

更绝的是，它们在生命的终点总是把自己结束在人们看不见的地方，仿佛它们从不把尸骸留在大地上，它们似乎是消逝在蓝天，不留一丝痕迹。

它们的身体与灵魂从头到尾就是干干净净的。

我羡慕鸟儿的生活，我们人类应当学习鸟儿一样干干净净地生活……

水　果

我总是好奇，大地上为什么生有这么多这么美的水果，以供人类饱享口福：大大小小，圆的扁的，弯的长的，单生的、簇生的，黄的、红的、蓝的、黑的、橙的、黄的……五彩缤纷，珠圆玉润，而且绝大多数都是甜的——仅此一点，就该赞美造化的神奇，赞美造化对我们的"厚爱"。

我总是好奇，每一枚水果都是怎么长成的，它里面含有多少元素、多少水分，要经过怎样的光合作用，多少工序，它才能酿造出自己的甜与芳香，或许还有酸涩——大地啊，你为何有这样的本领，把泥土的苦涩化为如此的滋润与甘甜。

每一枚水果来到我面前，我都赞叹不已，拜服不已，我都感激大自然这一丰美的馈赠；我都觉得，每一枚水果都含有我们未曾了解的秘密——地球的秘密，大地的秘密，泥土的秘密，植物的秘密——乃至宇宙的秘密——牛顿从一枚落地的苹果上发现了"万有引力"，这才是我们迈入大自然奥秘之门的第一步，而且，我们长期滞留于这一步，我们何时才有媲美于"万有引力"这样的大发现新发现啊，把我们引领到一个更新的境界。

任何一枚水果，都是上帝递送到我们手上的一个谜，可是我们猜不出它最后的谜底。

任何一枚水果里面，都可能包含有一幅媲美于阿芙洛蒂特的美之图、宇宙星光图，以及太阳生命周期图——正如一枚果核落地，就能轰开土层，爆发出一棵茎秆，缀上一串热烈如火焰的花朵，而花落后又结出果实，芳香四溢，绵绵不尽……说到底，水果还很可能是上帝传递给我们的破解宇宙奥秘的钥匙。

树　影

要求一棵树没有树影是不恰当的。

一棵树囚禁在一树的风声里，也囚禁在它的树影里。

一棵树的树影像一只锚牢牢地紧扣着在地。

一棵树在动，它的树影也在动；它们应和着同一节奏，奏出同一韵律。

要求一棵树没有树影是不恰当的，问题是，它必须是树，最好是苍翠蓬勃的树，而不是一丛荆棘……

我们不能只爱树的笔直的干、苍翠的叶、遒劲的枝、浓重的花蕾和果实，而不爱它的荫翳。

当赤日炎炎的夏日正午，我们与其说是向一棵树靠拢，不如说正是奔向它投下的荫翳；

这时候，我们这些一身臭汗的咸鱼，如沐泉水，得到滋润，活过来了，又可以活泼泼地游向远处……

落梦他乡（外二章）

■ 田晓华

梦里的云层之上，太阳高悬。光泽高远于灰白之上，穿透无力；而云层之下，地面灰暗，空气浮躁。行人面色忧郁，步履匆匆，尘埃汹汹。人们的面部深浅不一呈现着赭灰色，刚好与天空浑然相应。

街道上想要逃走的我，耳膜嗡嗡，心神飘忽，脚步飘忽，与嘈杂声一同飘忽。但在宽阔的街道上，我却无路可逃。要逃到哪里？为什么逃？我无法说清！人们摩肩接踵。我的脚步，似无似有，或轻或重，是那种飘忽中的凌乱。

汽车的马达声由近及远，再由远及近。好似天上、地上皆有许多轱辘旋转，尘埃也跟着旋转。旋转的缝隙间，我看见不远处的火车站入口，一个闪晃的身影，吸引住我的眼球——那是儿子，是我面无表情的儿子。

我睁大双眼大声喊，用尽力气大声喊。手扶电梯上的他没能听见，他依旧面无表情，越喊身影越远。我迅即跑动起来，像运动员赛跑，跑呀跑，飞一样。奇怪的是，竟然与熙熙攘攘的人群一起挤上了火车。我从火车这头寻到火车那头，从火车那头又回到火车这头。哪里有儿子的影子！我盯看窗外，外面黑魆魆阴森森的，犹如深不见底的黑洞。

火车开走，又停下，我的心思却停不下来。我茫茫然下了车。火车，照例开走了。

哎呀，我忽然发现只有我一个人下了车。况且，这哪里是车站呀，只是两个简简单单平平秃秃的小山峰，山峰间有一座既普通又老旧的桥梁。我向火车远去的方向看，那里一片漆黑与寂静，冷清淡白的月光在不动声色地铺盖大地。这是一个黑与白的世界，或浓或淡，若隐若现，虫豸喑哑，整个被寂静笼罩。我用手指摸摸这摸摸那，都是实实在在光溜溜凉冰冰的硬石岩，没有一点生机。在荒凉的山顶上，根本寻不见方向。我不由走上桥，桥面坑洼不平，仿佛随时会坠落山崖。一个趔趄，兀然想起我是如何这般来到这里，耳朵里便隐隐响起莫名的争辩声和家人的责怪声。声音交织、缠绕，让心智与魂魄癫狂。我两眼发花，头昏脑涨，整个面部发酸发麻仿佛即将被剥离。我趴伏桥栏，低垂头颅，如同树枝上垂悬的果子。我的眼泪啊，顷刻灌满眼眶，肆意奔涌，犹如两股清泉发出哗啦啦的声响并夸张地泼向山涧。

我朦朦胧胧意识到这简单而又平秃的山峰忽然有了人间才有的声音，低沉轰鸣的山涧之水与我的泪奔之水已充分汇合并发出混响的共鸣，共鸣声里似乎掺杂着人的声音，那一定是儿子，是我的儿子。

不知静观了多久，也不知我为什么有这么多的泪水？我努力想睁开眼，却没有一点力气，迷离中的我突然感到一丝欣慰，什么都不用看挺好，能听见儿子的声音就挺好，尽管他呻吟他痛苦他不知所措，但他毕竟已在我的身边，我的胳膊不听使唤地伸向这个声音，接着整个身体向着声音的方向移动。

突然眼前一黑，我坠落在柔软的枯树枝叶上。

这个温软的跌落竟让我醒来，我摸了摸床铺四周，并没有我儿子的身影，他，他不会被我的黑梦所压碎吧，哎呀，是我把他丢在了梦里，定要把他拖回来才是。我急得顿时晕厥。

庆幸，我及时回到梦里山涧的桥栏旁，我紧扶着木栏不放，五官各自耸立。

蓦然间，我察觉我的身后有了动静，紧接着有一只手轻轻拍打我的后背，动作是那么轻柔那么有乐感，充盈着从未体验过的怜悯和爱意，我全身的疲惫好似刹那间悄然消退。我抬起低垂的头颅，我发现我的眼睛像清洗过一般，特别明亮，特别清楚地看见站在我面前的是一位裹满清香身披素雅老布的少妇。她极其安静地看着我，眼眸里闪烁仁爱的光芒。她的鼻头挺拔有力，她的唇轻微上翘、宽广、温润，有剔透中的晶莹，唇纹肌理不仅清晰可辨，而且潜伏拨动雨丝的波澜，犹如红艳艳的火焰在一汪清水上映照，如同平整后的山峰被星月的白光浸染并缓缓休止于棱角分明的边廓。

我被震惊，我呆望着她，仿佛自己一下子回到了前世。我已忘记我是谁。我情不自禁地问，我能吻你吗？她没有回答，只是将身体轻轻地偎向我，用一边脸颊轻蹭我的脸颊，若即若离，散发着青草缕缕的芬芳。我歪过头，一副害羞胆怯的样子。她容颜愉悦。我精心用我的双唇轻轻叮触她的唇，倏然发觉她的唇边之隅有着岁月刻下的细小皱纹，如花纹一样，万种风情藏匿其中，透出震撼般诱惑。

桥面上突然传来马车的声音。我俩几乎同时扭过脸，只见一辆装满了山草的马车急速驶来,上面坐着两个白发老人。少妇见状即刻丢下我直直奔向马车,奔赴的瞬间,美少妇忽然变成人头马身半神半兽的人。

我大骇,强悍的莫名电流迅疾流遍全身。眼前空旷的木桥、马车、山峰像极了水印画,天边的云朵轮廓也变得愈加清晰可辨起来。

我像一根木头肃立在桥面上,昏昏然,心里只想大声喊,却只能发出低而沉的一个字:我……周围的一切很快进入无声无息地寂寥之中。我呆滞的眼睛只能眼巴巴目送马车平稳而又飞快地越过桥面跑向对面山坡上,跑进远方氤氲中的墨色青雾里。

我浑身的肌肉在剧烈地收缩。我蹲下身子。我感觉身子即将缩成一团,随后却像个皮球似的开始膨胀,皮肤张力越来越大。毫无疑问,我已置身强大而无形的张力之中,心智与魂魄即将散尽。这灭毁的时刻,爆炸只是个形式。

蓦然间惊醒,梦里景象与奇特画面像投影迅疾被墙面吸去,灰蒙的气息像无形的粉尘在黑夜里纷纷落尽。卧室墙壁在我的目光注视下已直直发愣,尽管曾经它那么光洁,那么明亮,而今却如此的丑陋不堪。

梦想的天空

梦想的天空,有时犹如少年的白日梦正通过幽长的穿山隧道,疾驰呼啸,嗡嗡作响。

空气凝重不畅,场外的手把持着刀子,连同姿势轰然倒进森林里,快刀手狂动劲舞,呼哧、呼哧,犹如旌旗荡漾。生息攀缘上升,广阔天空，朗朗星光，少男少女在壮美场景里歌唱，Echo、Echo 响了又响，涟起波涛。

空气凝重不畅，连着森林一同扯动。看不清什么沉降于广阔原野，它下坠的扯动像模糊的了断，风沉、雨动、声起、唱词。扑哧、扑哧的声音，正源源不断地钻入泥浆也成了泥浆。

梦想的天空，昭显着森林的梦想。微风翻越云端，那里阳光普照，麦秆铺展，远望原野，沟壑阡陌，不见葱绿。天空颤抖癫狂，森林里黄金甲密布。梦想总出乎意外，意外从一端翻向另一端，翻得端端庄庄呼呼有声。

夜晚幽暗清净。双眼暗淡，爬满忧伤。黑暗中的火与寂静，连同心脉一起律动。看不清哪些仙女空中曼舞，Echo、Echo 响了又响，舞台上神辉、长袖、微风、舞步、嗡鸣、嗡鸣的，源源不断抵挡黑暗竟也成了黑暗。

梦想的天空，犹如白色流星之箭穿过幽暗的黑色河流。这流星的河流啊，径直流入少年的眼球。

痴迷者（六章）

闫文盛

> 就这样，我撕开了我的灵魂。
> ——题记

残余的乡村

这当然是残余的乡村。

残余的稼禾，菜蔬，农机具。

残余的雨水和阴晴天气，人心里的纠结。

残余的石棉瓦，新种植的枣树。

残余的爱情。

这人间罪。

这当然是残余的乡村,但我从无认同。

在那已经被遗忘的事物之中,曾经埋藏过我的理想。

在那已经被遗忘的事物之中,曾经埋藏过我的童年幻象。我从无度过童年,但一种深切的质疑置我于病患之中。我无法对自己的往昔产生一种坚定的认同,而这一切宛如这个庞大宇宙的内部,我深信上帝其人同样无法对这个"存在"的乡村产生认同。

将一些散碎的钉子扔在了那里。

将一些乱纷纷的年岁扔在了那里。

将一些纷杂的色块扔在了那里。

将一些呼吸并不顺畅的人生扔在了那里。

我们如同上帝的弃子般艰难地长成。

在夜里,那残余的雷声仍然带给我们震动。我们只是偶尔才会看到那"幸运"的部分。

上帝将一些我们所无从探知的神秘物质扔在了那里。

将一些与我们常相悖谬的事物扔在了那里。

乡村,成了与我们奔波的内心互生层次、常相制衡的部分。

成了与我们的记忆常相掣肘的部分。

我们没有生活在它既定的框架之中。

在一切被视为残余的物质那里,那未被毁灭时的黑森林即已不存。

那被毁灭的黑森林也曾经"被生活"在它的既定框架之中。最终成了逃逸的部分。不"在"的部分。盲目的部分。逾矩的部分。

我曾经遭遇过一切怪诞的疏离。我曾经遭遇过黑森林。

在那茫茫暗夜,我曾经遭遇过那浓重的大风和氤氲湿气。

我曾经遭遇过爱情。

在那茫茫的黑森林，我曾经信任过爱情。上帝在梦境中告诉我们，要遵守一切人间法。

爱要有坚定性。

要相信一切残余物。

但是，在这茫茫乡村，那被残余的时间所汰洗的部分已经完成。

它们都被扔在那黑漆漆的"暗部"。

在这乡村之疾，那黑漆漆的"暗部"已经完成。

它们像铁钉扎进人的心里。

像恐惧被种在某一个族群，成为难以移易的基因。

像花束被注以毒素。

像不被感知的生命被悄然埋葬。

乡村之"死"导致了我们的悲观。

我已经看不到爱情那张青葱娇艳的脸。

那些我曾经爱过的人，他（她）们也都垂垂老矣。

我再无任何力量可以将他（她）们连根拔走。

在一切残余的生活中，我憎恶这样阴沉沉的事物，疾病。

那难以言喻的岁月像我收藏的典籍中残缺的书页。

我再无任何办法可以将它们完整地复原。连同那令人肺腑生疼的时间也过于破碎。

连同我们的成长之路也过于破碎。

连同我们的记录也过于破碎。

我仅仅是写下了"残余"的乡村。那更深的部分，我终将无法完成。

像上帝的语言。"他只是将乱纷纷的局面扔在了那里。"

将一切心灵的战争扔在了那里。

他再无窥视之痛。

他毫无认同。

他是"视而不见"之神。

人间事物

我们一般是被人间事物吞噬,被心中盛大的爱吞噬,被欲望吞噬,被时间、历史和岁月吞噬,被不明所以的情绪吞噬,被哲学家和心理学吞噬,被误导的句子吞噬。我们一般是被自己吞噬,被远方的美景吞噬,被身边事物吞噬。我们一般是被人间吞噬,变成非人间的盛大演出。我们被对话和语言的洪流吞噬,被激动人心的节日吞噬。

我们一般是被洪水般的激流吞噬,被代代更新的古老寓言吞噬,被遗忘的事物吞噬。那些早已被驱逐的灾害在梦境中仍然变得如此突出。我们被心中的不安吞噬。我们被噪音吞噬。在乡下,我们也会被黑暗和恐惧吞噬。

我写作诗歌的时候是被那狂妄的念头吞噬。我生活得幸福而美好的时候被死亡和疾病的阴影吞噬。我在行走的时候被刺眼的阳光吞噬。我被野草、荆棘、灌木丛、盛大的花束吞噬。我们被盛大的概念吞噬。我在这里居住的日子,也曾经被已然经过的光阴吞噬。我母亲被她的幼年吞噬,被她的上半生吞噬。我被她的叙说吞噬,被她黑夜里的惊悸和呆坐吞噬。

如果仅仅是因为思念,我不会学习艺术。如果仅仅是因为思念,我大概永远都不会回归,记忆那些污浊的事物。而今居住在这些核心之中的错觉使我感到悲观。那些污浊、朴素、直接的事物，它们已经将我的外祖父吞噬，将我的外祖母吞噬，将我们的家族吞噬。现在，是我的母亲在向我散播那曾经残缺的爱与事物。我被她描述中的幻境吞噬。我被自己的讲述吞噬。那些一再地跟踪我的事物，并未如我想象中那般突出。

我被一种半固定的，可疑的事物吞噬。我被院子里的树木吞噬。我们皆被那不可能的诉求所苦。我被那旧年的诅咒中深藏的恶意吞噬。我被自己的恶意浮动吞噬。我被闪烁的灯光吞噬。那些如夜明灯一般的事物，它们都隐藏得如同从未发生，我们被那种暗在的黑吞噬。我们被那门廊吞噬。被那夜影，鬼魂，月色和黎明中的号啕吞噬。我被自己吞噬。

不，我从来无法诉说。我从来无法写作。我无法写下我真正领略的事物。在表述者与倾听者的对峙中，我们被那晨曦中的茫然宇宙吞噬。我们被这浩大的瞬刻吞噬。我们被贫穷的悲伤的事物吞噬。我们被滴水的舒卷的墙面吞噬。我们被张贴在胸口的虚构的图像吞噬。我们被山崩地裂般的恐惧吞噬。被细微的事物吞噬。被四顾惊艳的美人吞噬。我们被那浩瀚的星空般的绝望吞噬。我们被美丽的最终消逝吞噬。

我们被一种彻底的，惊疑的感觉吞噬。被城市的巨大的胃口吞噬。被空虚而有待填充的乡村旷野吞噬。被悬崖绝壁，深谷沟壑吞噬。被洋面上的狂风吞噬。最后，我们将自己完全吞噬。在一种无法复述的被淹没，被吞噬，被咀嚼，被压榨，被戏弄的错觉之中，我们被自己雄伟的理想吞噬。我已经无法恢复任何一种语言，那人间事物茫茫流逝，它们最终将被后来者的崭新决定吞噬。一种卑鄙者的崭新技法将历史完全吞噬。

我们皆是行将流逝的事物。那时间里的警惕，皆已被打碎，集体转移。它深怀一切可能，却被无法复合的未来吞噬。我们被巨大的黑洞吞噬。我们被乌有的幻觉反复吞噬。

释火记

灾难如影随形，你们浑身是病。

你大可放心，我谁都不告诉。

在蚊虫过处，这宇宙已经成型。它被排列成石头房子，铁模具，但"你们浑身是病"。

在夜里，总是风狂雨骤，你一定记得那种种错误。记得头顶白发和荒草、道路，记得翻脸不认人的亲朋。我们从无好友。

只有竭诚团结的湖可以拉走客人，可以湮没事物，可以制造轰动。

你放心，我从来蔑视艺术。

我只拥有我们所看到的。

我们都丢弃了我们所无。那浑朴的夜晚，那火焰，红彤彤如同牧羊人。

我们从无仇怨，很少赌咒。只是那思念之风，欲望之火使人难受。

那隆起的钢铁巨人使我们发蒙，那高声越过田野的闪电使人发昏，那横掴直击的树木已经败走。但你总须放心，我们讲述之中的事物，它依然存在。

我不知道愁苦者何人？

灾难如影随形，我们浑身是病。

我们追逐的事物，它依然存在。像诗歌和一只铁闸，它依然存在。

我们徘徊于爱与被爱之中，那火焰之光依然存在。

那泥土汇，时间汇，语言汇，依然存在。

在无处遁逃的八月之光内部，那乡村之爱，旷野之爱依然存在。

带着那残病之躯，去释你的火，那麻木和悲伤者的世纪，它依然存在。

在城市里，道路中耸起钢铁巨人，但我们从来不告诉。

那笨拙的指导者很快陷入麻木，像那些拯救者很快陷入麻木，像那亡命天涯的匪徒很快陷入麻木，在恐惧和悲伤的火焰之中，大地万物都陷入麻木。

你大可放心，在这个使人麻木的世间，艺术即是被蔑视的火焰。

被毁灭的火焰。

在这个世间，艺术即是火焰。

艺术即是麻木。

艺术即是那草料场，驴马圈，蚊虫地。

一切皆如夜风，懵懂追逐，无风自释。

你大可放心，一切灾难皆须过去，但你们浑身是病。

在残缺的艺术之中，一切麻木皆已存在，一切火焰皆已存在。

那颤抖的事物皆已存在。

那崎岖的严寒的酷热的事物皆已存在。

那涨水的河道皆已存在。那泄洪闸皆已存在。那黯淡的"静悄悄寂寞"皆已存在。

那供我们容身的肮脏的村落仍在，那腐朽之中的芬芳花木早已变得通达，像祖先一样沉默和无边深入。像祖先一样，那芬芳的花木变成了我们的骨殖。那肮脏的村落，寄居着我们的火焰，我们以大无畏的决心去培植花木，像那纵情使气的人一般，我们总须面对那浑朴的夜晚。

在无边的腐朽花木之中，我们都是病人。

在无边的残缺花木之中，我们都是病人。

在无边的艳丽花木之中，我们都是病人。

但你大可放心，我不会跟任何人讲述我们的错谬，我谁都不告诉。

包括那激情的火焰，我们从来都未曾拥有，包括这人生，我们从未拥有。

那释火之书，早成灰烬。

所以，你大可放心，向来无人迷恋艺术。

那释火之记俨然不存。

在那疼得要命的肺腑之中，宇宙俨然不存。

艺术只是一堆碎骨头。

是的，如你所见，在火焰之中，向来只有浓烟。

没有一丝爱。

也没有一丝血肉。

异乡人手札

如今写诗很难生动，亲爱的，当年我情绪低落时，你在身旁，一切便从那时开端，但后来我们分开了。我非为本心，却颇无奈。今天我记起村前绿树，溪水和内心清流，因为此是早晨，我的破败感早从清晨退回到昨日暗夜，一切都颠了个个儿。我是想啊，我不该写诗来着，因为我没有形象感，异日我对人说，我所以决心改行，也将由此始。可是身在异乡，处处为异客，再没有比诗更适于我们表达的了。管它是什么呢？总是在我无望之时，这几行字词使我没有崩溃。或者不，我自然可以喝点酒。我的酒友不出意外，是可以随处找到的。但我的酒量太小，醉态又不堪，又不耐抓心的苦痛，所以还是算了。生活继续，我选择职业或者放弃，时日都很短，直至我现在钻到屋子里，整日里连门都可以不出，但也足以养活自己和一家老小了。这不是我原来的理想吗？哈哈，其实只是梦罢了。虚假！所兴我虽然窘迫，但真没有饿死。现在哪里有饿死人的事呢。不过每逢我觉得自己寒酸，就埋怨或诅咒——生活，我却并不缺乏行动，也常常受累于工作之类。有一天好了，我对你说，我突然就发横财，不是梦，不是抢劫或盗窃，但我有钱了。在人心疯狂的异乡，我看着照片，眼中含泪：当年没有厚衣服，春节那么冷啊，我们只穿着单衣。背后那一片麦地现在早已不种麦子了。只短短二十年，啊，不，整整二十年了，我们从爱到恨，到感情无所谓，一切分崩离析。在这个早晨，我翻开艾略特的《荒原》，真是奇怪，我买下它多少时候了，但从来没有下决心读完，但它真是不错；在这个早晨，我一下子就喜欢上它了——像他所说：一个诗人在自己的时代读者群大与否无关紧要，要紧的是每个时代应当经常至少保持少量的读者。真是我的远年知音。我跟你说，我至今还不厌倦做一个文学上的狂徒呢。我想写立体书法，我想穷尽内心镜像，这都没有什么。在我们所想的事物当中，到底有什么真正值得倾尽一生？亲爱的，我们的生是如此古旧，孤寂总是常在，诗歌如何可以生动。我确在常常想着那时，我们的童稚年代，校园里百花盛开，我扬起头，离开村路跑到田畴中，头顶燕子翻飞，白云隐在天际，我何时能够离开故土？这一天终于来了，我打理好背包的一刻，怎能想到后来……好了好了，我但愿纷繁的岁月能够多几天安定，我想做做学问，研究人的心灵，那抽象的洞府，谓我一生痴迷。你且放心，我没有疯掉，只是连日里多感焦躁。我没有大恐惧，只是不安如影随形。并非只有诗歌是我的镇静剂。有时我出门去，外面喧嚣的世界离我如此近，时代风起云涌。你且放心，我离自己的理想还远着呢。我的删除工作才刚刚开始，我希望减除思想的积弊，所思直抵纯明。啊，不，我何尝不准备建立一个庞大的体系，用以研究我的学问……可我们分别，自感已是路人，我为谁而奋斗呢？亲爱的，请不要封闭你的闸门，在此世，在今生，让宁静的诗泛滥吧，我已成为我的灾害；那邪恶的部分也太重了，我早无力担负。你来，我们说说事儿，是吧，是吧——"上升的路和下降的路是同一条路"，你坐着，所在处无踪，你，即是欲望本身。有天，我终远走，你不知是你所知，你所有是你非所有。

虚伪的旅行

在旅途中，暗黑的夜色与月光交融，映衬着大地上的点点星火。由于疲惫已极，我差不多已经进入到睡眠中了，但火车摩擦铁轨，哐啷哐啷的声音依然清晰地撞击耳膜。对于离群的快乐，我无法形容，只是酣睡的旅人们在睡梦中发出的喃喃呓语依然在发生作用；我们相隔如此之近，这混合着不知名姓的人的呼吸声的卧铺车厢，是我近十年中夜行的唯一见证。这是现实在理想之途的一次中转，我想写写生活，但总是欲速不达。在此前，夜晚尚未降临之时，我坐在窗前，望着外面绿树掩映下的一川城郭，身边喧嚣的声浪在持续递进，而我无所谓悲喜——散文式的生活，毫不期望人生的起落，这大概是近来出行的唯一所得。我的时光，被一些说不清道不明的杂务填充着，日复一日，使流动的物质加速了。散文式的生活，是空白纸页上一滴早已不存在的墨汁；意志是虚妄的，而旅行者感受的异同也几乎可以被忽略。我麻木地睡着了。在目的地到来之前，我发出了鼾声；没有虚构和记录，只有鼾声。这人生的长旅，命运的仓促的归途，是如此循环往复——我不知道自己将去往何处，比梦想更高的事实只是活着。这一个事实大过所有的虚伪的旅行和不完全的写作，有时在家中我毫无睡意，而在持续行进的列车上，我睡着了。月影婆娑，人如走兽……

雪

大雪也会使我感到温暖，一种肃清了体内寒症的温暖，非人间的温暖，一种记忆中的清清亮亮的温暖，无意义的温暖，徘徊于流行体系与寒冷的冬风中与透彻的万物对立的温暖，一种茫然境域中的温暖，不知所云的温暖，无限重复，拉伸，相互贴近的温暖，距离与距离背后的温暖，爱情与肉欲般的温暖，一种有可能会解脱的温暖，时间真空中的温暖，是啊，大雪般的温暖。那涤荡一切的温暖，通常比喻中的温暖，诠释和舍弃后的轻松与温暖，一种自我回归的温暖，思念和轻轻撕开心扉的温暖，一种从未有过，永不诞生的温暖，天地将埋葬自身的温暖，黑暗中微光闪烁时刻的温暖，分离与惜别的温暖，一种看不见的再生般的温暖，洁净中的温暖，浑浊的诗意与温暖，引领人间沧桑的温暖。这终究是大雪之夜，一切叙事，斧凿都欺天。我在空洞的时光中所看到的温暖，它终究是我们将奔赴的恒温之地，那夜里的温暖，因为大雪而被复制的白光，悲伤，黑漆漆一团，这腊月初十莅临前夜的温暖。我多么奇妙的遭逢之中乏力感泛滥的温暖，故乡风雪之中空荡荡不见人的温暖，是啊，仅仅是白雪，我们根本不会如此抓狂。这遍及人间的温暖，它是我们最终的见解和睡眠，那温情消散后的不耐和悲伤，是啊，仅仅是白雪，我们不会如此夸张和孤单。那宁静的永夜之中鬼魂出没后的温暖。我们只是上帝之光，在疲倦和光明的窘迫之中，急需的某种绝望。

自然令（组章）

■ 李俊功

青 蒿

渡过你的苦、腥臭。

认出前世之缘，神的潜在，从昏蒙中抬起头，蔚蓝的执念。

幼鹿之侧，葱绿云朵掬风，与清露。

浴我，心。

只爱，爱过每一个早晨。

素装男女相挽。歌词淘洗暗黑的星辰，技艺上的茎叶，传授所谓的刀术、善射，靶心的颤抖。

足音欢快。追击遗忘的麦穗、莲藕，丽丽鸟啼。

十倍的元力，给你。

我是我的初恋。旧我如履，如石榴的高举、留下种子含口，翻转沃土的丰腴数据。

试着自芽孢里领取暖，孤高。

逾越想象之极。一抹绿云，时空之旅：目光，居于高端，采摘到延续的期冀生命！

把身体的茂盛，立体至菩萨额眉。

善慈的手，

拨开流泉碍石。

流动声响，荡涤围拢而来的迷雾，和壁立的恐惧。

结缘的一株，已然被我及早拣选。

悲欢花

所有河流，高山，被一朵花采摘。

何分悲或者欢？

交互出现，齿轮咬合的法则，渗透进和退的意义。

被眼泪濯洗的神殿。

筑着光，瓷瓶，爱情，戏剧，清贫。

解锁香甜的秘密。
关闭最后的门缝,俗尘折断薄羽。

悲欢时刻的辽阔,一剂温良的中药。当时光徐徐饮下,路已在桥头猛醒,通往一条灵性的柔软手指。

悲欢花,
君临高扬的额头,超乎个人的深夜轻叹。
不尘的花叶,无止境盛开的胸怀,收集人间纯净呼吸。
以痛苦完竣自传:一切,尽皆芳香。从悲到欢,二者缩短的最小距离,
恰如针线的穿心相系。

一粒沙上有世界的颤动

风打着沙粒,打着沙粒的亮度。
疼的圆,残破不堪,比真实更深沉。

不,不,它们拥抱,给予负重的远距离。
风的角斗士。
按下,扬起,腾空的复活。——互相摔打地活着。
活着的颠簸,扫路,覆盖,重压。

顶风而上的路上死命抱紧,解风的铁锁。
生疼的胸口安家,那里容许
连滚带爬的自身,暂歇。

悄然开放（四章）

■ 武稚

中秋回乡

一

月亮在这一天圆很重要。它在今天，必须要找到你。回去是不可避免的事。

有一条弯弯曲曲的小路是必需的，有一桌橘黄的灯火也是必需的。

谁在出发时的路口，华丽出场，谁在小巷里，悄然避开自己、故人。悄无声息的细节，被月亮藏得很深。

在庭院，我仰望自己的前半生，也明亮也暗淡，也柔和也冷硬。月亮完美得近乎苍白，它诉说的是江山社稷，家国命运。我希望它能抓住我，可是，它在天山之外，我也在天山之外。

多么饱满、喜庆，或者孤清。其实在我们，都只是一个转身。

二

月亮是传说中的经典，它在短暂中，开出绚烂。

可是母亲，这一天我不太方便去看你，我假装是别人家的女儿，我假装忘掉自己的姓氏，我走在另一条回归的路。

不仅如此，我还不能给你养老送终，不能送你走完最后一程。女人，大概要像月亮一样吧，耀眼是她的品质，约束是她全部的形象。

隔着光阴，似乎是踩着绵空，我还是希望能见到你。仅仅一公里，这也许是世界上最漫长的路途。我们都坐在小板凳上，我们都在走下坡路，只是你败退得太厉害了，连时光也扶不起你的影子。你那样地不安，不停地催我回去，都是老女儿了，你还是担心我过得不顺。

你塞给我一把红薯叶子，你牢牢记得，它能治愈消化不良。唉母亲，一把红薯叶子，它能治愈得了世上什么。

风

一

它有孤单的天性，但不柔弱。它的双足总是想离开大地。它不愿挤在缝隙里，也不愿被收藏，它也从不回头，它似乎从不担心无路可走。

它离开一个地方，到另一个地方重振生机，它从不畏惧千军万马，它也从不把自己的一生，断送在迟疑里。

它也有守着泪水，日夜回旋的时候，它也会搂着大雨，风雨飘摇，带泪的生活，原来也是它的一部分。

没有谁去注视风，风也不需要谁去注视，风也不想和谁争论。

请不要扶风站立，也不要把灵魂交给风，更不要跟风走。在风中，做一个思想者去穿越。

二

风继续地吹。

它化身为刀，它把日子推倒。它旁若无人地吹，仿佛旁若无人，就是它的生存法则。

风把谁吹上天空，风又把谁扔在地下。风里有致命的毒，但它的清白坦荡，又有目共睹。大概要腾空整个世界，方能装得下它的粗犷与豪放；大概要移走一座山，作为风的通道。它在传导一种理念，它能托高天空，它能把万物揽在怀中。它忘记了，它是徒步而来的，它的心是空的。它也没有确切的地址，它只有四通八达的欲念。

风渐渐地小了，风把根扎入大地，风滋润着草尖，风不再说，风是谁。

阿　炳

一

他总是穿着去年的长衫，一只竹篙似乎想探测小巷的深度，他独自走向暮年。

他干瘦的躯体像是一具空壳，一副黑眼镜后面，我们看不到被贫穷和磨难搜刮后的眼。

他的手用力地按着那两根弦，一种无处安置的暴动，一种想喊又喊不出的疼痛。他像野草也曾悲呼过，他想悲呼出生命中的烈火，他想呼出一场风暴。

一生都在街头小巷中走啊，一生都没被自己的才华照亮过，一生隐去姓名，只有在落幕后将孤独的身影印在老街的酒肆上。

他累了，他再也无力讲述自己的一生，留下落寞与惆怅，让它在世人的五脏六腑上继续讲述。

曲子在小巷里沉沦，时光流转，多少人想爱慕他的容颜，而他已下落不明。

二

　　曲子没有陪他入土，它在小巷里游荡，它和世上的一些灵魂相认。它就这么拉呀拉呀，拉出遍地的饥饿病痛，它让整个民间跟着它哭，它让整个时代跟着它哭。

　　你这永远也甩不掉的忧伤，时而是他眼里的一滴泪，时而又是百万雄兵、狂涛巨浪。

　　你这咯血的病人，写一支曲子耗用了一生，你让多少听曲子的人也耗用一生。

　　辽阔的天空很低很低，这支曲子总是潜伏在什么地方，它伺机而动。谁能掐灭掉它呢，世上孤独得只剩下这两根弦了，两根弦，成为一个生命来过的印证。

药

一

　　它牢牢盘踞在药典中，它在静默中一次又一次急急出走。

　　没有扮相，也没有扮靓，只是以一种恩义的形象出现。

　　即便是最壮的壮士，也只是大半生活在阳光中，他的内心并不光明也不太平，谁人的脏腑能不被虫蛀。像是英雄饮下烈酒，在断了归路之前，英雄也得断然饮下药酒。

像一双年迈母亲的手,努力去探寻把握,用一种千年不变的温润,试图去化解修复。这和争夺一个又一个鲜活黎明有关,这和争夺空气阳光水分有关,和一次深层次的抵达有关。

在完整地看清自己,看清这一切之前,它深藏不露、深藏火焰,它不容许自己悲伤,也不容许是最后的冷漠。

二

药多么希望,在日落之前赶到。

在洪水吞没田畴之前,在黑雾入住家园之前,在欢笑被眼泪带走之前,它多么希望自己像猎豹一样赶到。

潦倒也吧潦草也吧,琐碎度日,缓慢消亡,才该是我们安稳的一生。明珠有泪,内心生烟,很多时候我们看不见泪,也看不见烟,我们也不知道自己离腐朽有多远。我们也听不到死亡走路的声音,死亡如此沉着、沉静。起死回生,起生回死,有些事由不得药物,那得由神灵。

千秋万岁也罢,千秋功过也罢,这些都是药的命。药也得敬畏天地、鬼神。

那个被药晚一点赶到的人,此生彻底脱离了药。那一刻,药会不会加剧疼痛。

乡间侧记（组章）

■ 王琪

野 鹤

闲云还在，野鹤去了哪里？

田野清新如洗，叶片和麦芒上的碧绿去了哪里？

一粒漂泊四方的种子，在丘壑下方，占据了一处靠近溪流的空阔之地，就地安营扎根。

接下来，在我时常怀恋的罗敷镇，所有的日月堆积在一起，成为满腹心事。

它从哪个方向飞来，我不关心，我只关心它的翅羽，能经受多少次的风雨侵袭，越过多少道险峰和河流。当一只野鹤沿着一路霜白，趁月色冷清，亲近故园，我更加确信，它的哀号，是击透时光的岁月回声！

天气变暖，那只野鹤又一次飞过自家院墙，它的影子，像一道闪电，那么迅疾，不可企及。我用尽一生，也赶不上的速度啊，在飞离、提升。

野鹤，真的像父辈们写照：彼此隔绝，又无法抵达的命运的远方。

总有许多忧伤不能说出。就像那样一个平常的夜晚，我在别处，想着飞过故乡上空的野鹤，老去的年华，犹若思乡的病，总不能在雾霾重重的城市之中治愈。

池　塘

允许深陷于大漠边地的落霞与孤鹜里，更要允许迷失在遍及村野荷塘，那一池更深的月色里。

穿梭在微凉的十月，当几瓣素洁的荷花，跳出幽深的眼眶，它妩媚多姿，清新脱俗的样子，远大于你手下笔墨对它的无数次临摹。

池塘边，我不止一次告诫自己：可以不膜拜佛，但绝不可不无一颗佛心。

那一年，返乡途中，夏夜传来的天籁之音，令我痴迷。

人生百味，成败恩怨，都成身外之物。坐在童年的池塘边，我看不到秋光里的一丝怨恨与忧伤，那静观四处、笑看红尘的神情，是赞美，也是暗喻。

沧海桑田已过，一场轰轰烈烈的爱情恍然如昨，远行的日子，我与你虚构一次向西的行旅，沾满灰尘，不带杂念。

这一天，我再次坐在池塘边，看着荷叶与柳条起舞，听见落在暗处的声音，传递过来的，满像家父离世时，谆谆相告的不尽低语。

小　镇

青山绿水，白墙黛瓦，但那不是我的出生地和成长地。小桥水缓，移步换景，我钟情的，却是罗敷河畔，贫瘠的童年……

在这山间小镇，一切的陌生，缘起于它给予我陌生的面孔。一朵花紧挨另一朵花，一湖水连着另一湖水，与我搭话的老者，叼着烟斗，散发出陈年的味道，和我爷爷当年在世时，衣襟上散发的味道一样。

背着夕照，遁入一条小巷，但闻桂花飘香，诵经声声。在一棵千年古树旁，我染尘的心肠柔软且恐惧。

开花与结果，风霜与雷电，离别与守候，恍若瞬间之事，小若尘埃的我，却不一定能够完全承受得了。在小镇，我不去登高，不览峰巅，遽然俯身泥土，看山野，散发淳朴的芬芳。

十万颗星星在头顶密集，它不懂一个异乡人的心思：身在尘世，我习惯了一个人来，一个人去，就像我是这个小镇，今夜唯一留不下来的匆匆过客。

芹　菜

不要这满目的绿重又浮现，我怕它如此轻易地，染色于这些年我压着的伤痕。如果还能记得，一定是那些爱做梦的人，喜欢风雨充沛的日子，走在他一生侍弄的田间地头。

水汪汪的心情，是看不到旧年月的苦日子了。菜叶上流露着华年与风声，在杨树林附近，与一条潺潺而过的小河比邻。

多少年过去了，淡淡的清香，馥郁了我脾胃，构成了村庄以远，这独特的景致。

田地上的繁花盛开的时节，她也是奔在季节的前面，让我们一家数度挨过了饥馑之年。而我童年时代的孤单，沿着芹菜地，第一次有了鸟雀飞翔，万蛙齐鸣，第一次有了岁月的温情，与暖意。

高适诗曰："尚有献芹心，无因见明主。"那么，我甘愿守着村庄，在如烟的往事里，做一株小小的芹菜，见证故乡的每个寒来暑往。

当田野里，那些栽培芹菜的人，收割芹菜的人，淘洗芹菜的人，搬运芹菜的人，一个都找不到，我故乡的土壤里，埋下的，一定是一个人，解不开的怀乡病。是形同一根芹菜的根茎，不忍离开家园半步，烂也要烂在那里，死也要死在那里——

贫穷岁月里，一份最深的挂念与眷顾。

绿皮火车（组章）

■ 韩嘉川

绿皮火车

绿皮火车驶过滨海高新区之后，雾霭笼罩着秋天的大地，笼罩着大地上的树影、群鸟和庄稼。然后是一片片庄稼一样拔地而起的水泥……

那时，浓郁的方便面气味儿弥漫开车厢里的早晨，孩子从卧铺醒来；女人蓬头垢面趿拉着鞋奔向卫生间，用高粱碴子腔调营造出东北火炕的热情。

那时，临时停车的绿皮列车，等待高铁从远处风驰电掣地驶过，孩子闭上眼睛堵塞耳朵，躲避喧嚣的那一刻……

绿皮火车从遥远踽踽而来，用门环铁锅铧犁，甚至马的蹄铁熔铸而成的车轮；用瓜菜树皮观音土，以及草根推动石头的力量摩擦钢铁，大地开始滚动；

在城市与乡村之间，车轮扯着泥黄色的阳光，扯着江河溪水的纹理，以及苞谷红薯高粱和大豆，大地开始摇晃……

饥饿是泥土里生长的，成熟的庄稼与果实，是春风吹过的痕迹。

列车在奔驰，那时绿皮的历史列车将季节的白霜碾碎碾成废墟。

绿皮火车驰过大地驰过原野，驰过农民工的梦境，在北方飘雪的季节，去点燃一只爆竹的夜……

那时的绿皮火车迎来一个唇红色的早晨，孩子露水一样的目光与冉冉上升的太阳对望……

那时高铁在疾驰，绿皮火车与它们不是运行在一个轨道上。

海边即景

缰绳牵在一个海边的男子手上，任凭马的鼻息喷出草原的气味儿。

隔着崖畔的雏菊和风，在海滩上跑成一个偌大圈子的马，看不出是蒙古马还是河曲马的后裔。

海面上，有渔船向岸边驶来。

某个公司的年轻人在聚餐，围着一旺炭火在烤肉。木炭的气息唤醒山野的记忆。

女孩儿提着白色塑料桶洗黄瓜和西红柿,像做家务一样,只是穿着职业装,没有围裙。滩头的午餐,伴着阳光和风潮的声音越来越丰盛了。

崖下的向日葵,映衬着风雨侵蚀的木栅栏,岩石垒砌的小屋,张着不规范的窗子,倾听海岸的声响。潮水在涨。

遛马的男子牵着缰绳,让马在海滩上跑成了一个偌大的圈。

汗水让马的枣红色更加深重,像挟着古战场上的呐喊与阵仗。男子的眼睛露着杀气,像皇陵墓坑里的兵马俑,只是没有铠甲与兵器。

阳光反射的海面上,一只渔船迎面驶来。码头的岩石挂着干鱼片与倾听的贝壳。

撅着屁股堆沙堡的男童,牵系着姥爷姥姥的目光。

时间循着渔船驶来的痕迹,蹙起了一道道皱纹。

听装啤酒与烤肉串还有女孩儿们的欢笑,组合成了年轻的午餐,还有手机与相机。

潮水涨起来了。男子收起缰绳,与喷着鼻息的马一起,从炭火与欢笑旁走过。

年轻人收起声音,像感受到了历史的沉重,只剩风声将海浪抚弄得呜呜响。

那男子与马走过了,还有目含古战场的杀气、草原的鼻息。

触摸黄昏

当黄昏风赤脚穿过前廊,地板发出轻微的颤抖,海的裙角被撩起,沙砾如文字一样组成一些话语,组成一些情节,磨砺着赤裸的脚心。

当黄昏的裙裾窸窸窣窣地拂过前廊的木板墙壁,海水无声地涌动着,仿佛若干话语弩起的双唇,含着微笑;掩着一个夏季午后的软边草帽儿,依然挂在那里……

一只放在木桌上的手张着期待,旁边是一杯啤酒和切成片的老式大香肠。青筋在手背上微微跳动,缆绳与风暴的痕迹在手背上无声地跳动,仿佛在提醒着什么,可你却不想再记起,就让那只手枕着黄昏的时光,张着疲惫的期待。

船板泛着白色的盐渍,像你嘴上的雪茄一样泛着苦涩与辛辣,一种下意识的滋味儿在提醒着什么,可你不想再记起;黄昏的影子披着灿然的浴袍从你面前恍然而过,剩一杯啤酒和几片香肠在你的手边。那时手背的青筋在跳动,仿佛缆绳被海浪牵动。

开裂的桌面上,橙黄色的啤酒和红白相间的香肠断面组合成黄昏的絮语,你看到海浪再次努起。那时,黄昏风赤脚掠过前廊,在地板的颤动中,你的手背压住了海潮的涌动,压成微微跳动的青筋,然后,让手掌与指尖张成期待……

黄昏踩着海边散开的浪花,嬉笑着;软边草帽还挂在那里,午后的阳光一样挂在那里。

滴　雨

　　几滴细语，星星点点抛洒在天地间；抑或是往事的乌篷船，在细雨轻抚的水面上飘来。

　　石桥与灰蒙蒙的巷子做背景。还有雨棚下的开水灶，锈迹斑斑的自行车；还有窗棂下的苔藓，石桌上的隔夜茶。

　　灶台上的冷饭热了又热，窗玻璃上的水蒸气流泻出一条条曲折的回家路，斑驳的墙壁上还有儿子涂鸦的手笔。哦，窗玻璃上水蒸气流泻出一条条母亲的皱纹，流泻出一条条思念的痕迹。

　　石桥的台阶磨得光滑，童年的欢笑被点点滴雨打湿了，而风车轻轻地飘远了。

　　胡同口豆花的叫卖声腾起白雾的蒸汽，生锈的自行车靠在那里，在滴雨的季节，锈蚀的轮圈还能走出多远的距离？

　　油纸伞放大了滴雨的声音，留声机在窗边矜持不语。而一粒草籽飘落在墙头的泥土中，荒芜也许就在滴雨中生长……

　　而漂泊的游子一声乡音没喊完，天就黑了。

活着的谎言（组章）

■ 左 右

车过蓝田

正午，太阳大过了火焰的头顶。我在密林遇见心神向往的蓝关，以及白鹿驻足的原野。它被锁在铁丝网跟前，滚烫滚烫的，像丢弃大地的山芋，被捧在历史的山巅。

眼前所有的路，被锁住了。同时被锁住的，还有一头无人看管的老牛，漫山遍野的美景，远处的人家，背锄头进山的山农，所有的动静迈开了步子，又欲步不前。所有的光敞开了灵魂，但又迷恋时光的空壳。追随蓝鸟的踪迹，我发现了大树怒火冲天的孤独。萎缩的夏风，吹响蒲公英与艾草在脆弱的生命跟前，扎堆撕咬的祈求。借助疏影的庇护，一只蚂蚁载我找到了乘凉的去处。

所有的景致，都是蓝的。蓝山如风一样孤寂。白鹿原山顶的风，群鸟早已占石为王。艳阳高高在上，它将遥不可及的乡愁，深深扎根在护栏墙角，铁丝关口，乱石丛中。一阵风阅览了秦岭上陈年的颂歌，也将我们这群多余的过客，婉拒在沉浮之中。

滚烫的心，滚动了红尘。

我要去的地方，就在眼前的白鹿原。我要抵达的灵魂，从未逃出被锁住的关隘。

白鹿原即景

天空的心情，被一只蝴蝶染成了深蓝。

我要俘获一个斑驳的声音，一个圆寂的声音，它和蚊子在我空洞的耳畔环绕了一整个下午。

我要阅读一株狗尾草，即使它低于尘埃，我也要读出它和参天大树一样高大的光影。

我要丢掉身上无形的铁器，丢掉一匹白色的神鹿，一座巨大的寺庙。

越来越多的欲望，被炙热的阳光，晒成炎黄的盐粒。它们有的流进我铜色的身体，有的流进我的嘴里，咸，淡，带有泥土的体香。

白鹿原上的瓜田，被一只鹰和一群黄色的蝴蝶一望无尽地挂肚牵肠。瓜藤同时也牵紧着的，有艾草的脖颈，瓜农的细皱，知了的情歌，以及所有的瓜叶口里吐出牵牛花嘴巴一样热烈的火。

七月的白鹿原更令干瘪的大地挂肚牵肠。一位作家逝世之后，我热爱这个与白鹿古原有关的地名。一位作家逝世之后，我更热爱他所馈赠下的呼痕。所有的生物，从此与白鹿和蓝色息息相关。乳白色的野菊，摇曳着它固若金汤的芳心。

晴空下，一架飞机刺破了白云，它抱着内疚的欲望，逃离纵马驰骋的古原。

漠河蓝灯

风把我的一张肮脏的黑脸，跌进了黑龙江的河镜。我越来越讨厌，进入天河之界的自己。

我提着自己唯一纯净的眼睛，在游艇上小心行走。我追随一枚衰败的夏叶，漂在河心清澈的中央。我的身躯污染了天空，也污染了河岸尖嘴的鸬鹚。它看见我，躲得远远的，鲤鱼因我沉默，浪花因我逆向而飞。屈原跳江天歌，李白望江把酒言诗，我只能望江打捞灵魂上剩余的念珠。它们惊涛拍岸的一生，是我无悔的禅修。在俄罗斯与黑龙江的边界，一只花鼠带走了我一不留神落下的呼吸。它凌乱的前世，一定和我有所因果。

风和云朵是森林的故乡。晚唱的渔歌在远方撒网。在北极之极穿行，不必担心迷路。无论朝哪个方向，总能看见蓝色的北方。

随地捡一块摄魂的石头，就能捡到渺小的自己。据说捡到自己最爱的一颗，就是一生执念的佛骨。将它放在有光的夜晚，也能照亮瞎子的瞳孔。

为了不再留恋漠河的扁舟，以及舟上无人摆渡的灯，我将自己艰难地说哭。

北极火焰

我渴望身体能够抵达天界的可能。我渴望我所携带的词语能够感天泣地助我触摸云朵的高度。我所渴望的，膨胀着一条河川流不息的远寂。

在漠河，所有的呼痕，都是我的祖国。

进入漠河，就是进入了天界的北天门。进入森林，就是进入了大地郁葱的身体。来到漠河之前，我千转万念，已经做好了掠夺北极火焰的雄心。

这里的云，触手可摘。这里的蓝，触手可及。这里的歌声，触声可感。这里的树，触眼而动。一条河，可以是一条鱼的剪影。一片云，可以是一只鸟的形状。一株草，可以是一片湖的底色。一棵树，可以是另一棵树的眼睛。一块石头，可以是一个人的心。这里的任何东西，都可以是神玩耍时，钟爱的玩具。

一路所见，渔船，岗哨，边界线，国旗。爱国的红心，和云朵一样软绵。

一片蓝，征服了我余生的天真。在孤山与神泉跟前，我只想和一只花鼠跪地拜天。我抓住了它蓬松的尾巴，只为酬谢白桦林里所有坚实的斑白。

一块石头握着另一块石头，将所有的手拖曳出罕见的温度。

尽管这里不是我的归属，但我种下了属于我，最独特的火焰。

活着的谎言

我一直不承认我还活着。

我问故乡的青山,山说它早已缄默不言。我问溪源,水说它的眼睛浑浊不清,无法看见。我问参天大树,树说它身老客乡,无心说话。我问遍所有的闪电,闪电只顾守着黎明的雨水,雨水是它唯一的幸福。

有光明坚守的闪电,是幸福的。我和一只灰鹤孤身一人,在青苔上行尸走肉。我披着时间的躯壳,身后的脚印,一瞬间都变成了灰鹤嘴里的食物。鹤说,它是我前世遗落在松塔上的灵魂。

鹤的哲学,关于生命,它已美得催下夕阳的眼泪。鹤说:人必须自私地活着,即使已像死去。鹤说:一株草,比一粒尘埃的意志,虽然轻盈缥缈,但从不万灰俱灭。

我身边唯一的灵魂,你告诉我,我所拒绝的,是不是和一条大江一样绵长而虚无?和一段历史一般悠久而无尽?

生命中唯一的鹤,飞走了,婉拒我红尘滚滚的眷恋。它的红唇盘旋在山顶,将灰蒙蒙的静谧,一尺一尺向天空堆积。

躲在岩石上的兰草,细声叹息,回绝黑暗里逃逸的晨光。

夜宿天蓬山寨

漆黑的山庄,让我想起,煤一样黑泥土一样金黄的父亲。

父亲的肉体,塞满了泥土,毒气,巨石,雨水与金属。他挖煤,所有的煤石，钻进他手无寸铁的躯干，和饿狼一般，撕咬他纯净的骨头。每当夜深人静，他的血骨，发出黑光。下雨天，他就去地里播种秋天。将一家人，黄金般的日子，播出穹空下的幸福。雨水沿着他的肌肤，觅到放肆的乐园，一滴滴匍匐在上苍的怜悯之外。父亲双手捧着深深浅浅的皱纹，像一个老兵捧着岁月，背回自家的蚂蚁。父亲说：所有冠冕堂皇的孤寂，根本不值一提。

　　一只蚂蚁的命运，和一个农人对活着的价值紧紧系在心底。将时光蔓延给金属，煤石，泥土，地气，穷尽一生，一切归途都将在土壤和水里，完成生命最后的结构。

　　父亲，请原谅我这么迟，领悟了夜的魅力。

　　我连夜启程，披星驾月，奔回父亲床边，只想陪他一同，去播种大地所剩下的，为数不多的黄金。

青草上的灯（组章）

■ 徐 泽

从一棵草的命运感知世界

没有一棵草，会为自己悲凉，
悲凉的是那些，从草尖上滚落的露珠，
一生的光阴就这样破碎了，还留着夕辉中
空空的庭院，青草像狂野的思想一样疯长。

我喜欢童年的稻草堆，阳光被关在城墙外边，
黑暗多好啊，暂时的黑暗，把光亮收回内心，
正好给人心疗伤，在岁月中，我们都是木头人。

一头牛和草多么亲近,水里的阳光是鱼的呼吸,是水草灵魂般飘荡的梦呓;

我看到石头和浪花,没有草会悲哀;就像人,死了,或从没在这个世上活过,

灯也灭了,世界变得无比空寂,在地下与亲人相遇,第一句话却不知从何说起……

没有草,生活中就没有雨露和阳光,草根在大地领略风寒也感知温暖;

只要有大地,你我就不会失去一切,蚯蚓还在泥土里翻身,
一棵草萌动在心里,装满了人间的苍凉,只要还有爱,
我就会闻到布衣上的阳光,我就会抓住天空的雷电,
暴雨过后,我会领略日子的平和,看清生命中
飞翔的羽毛,以及河流青草的味道。

一群麻雀

一群麻雀,它们是自由的,一会儿在树上,
一会儿在地下,一会儿飞过了天空和河流,
麻雀在我的手掌里,在春天和秋天的屋檐下,
它们看不到暴雨和闪电,它们像蚂蚁一样忙碌;

一群麻雀就这样吃完了田野的粮食,它们还站在稻草人的肩上,

那时黄昏和黑暗即将来临,它们的目光空洞、茫然,是多么的无助;

好在大地不可能没有黑夜,天就要亮了。粮仓的粮食开始发现一个秘密,

没有一粒米会发现光洁的思想,如同空壳无法预知盛装雨水般晶莹的黎明。

我要睡了,请原谅我无法说出最后的颂词,

春天会成了鞋里的沙,在不断打磨的心里疼痛。

还有一群麻雀在歌颂农人,

用太阳的光丝编织大自然的晨曲

天亮了,我看到一群麻雀重归树林。

那些往事如涌动的情潮漫过黄昏的村庄,

麻雀,这大地幼小的心脏,终于听到岁月的风声。

运草车和灯芯草

如果一辆运草车在乡村的土路上走,旁边一定要有夕阳,

一定要有被夕阳染红的河流,最好还有童年的牧笛和少女的歌声,

但我的乡村是贫困的,我只看到牛在河塘边吃草,夜就这样降临了,

乌鸦的翅膀开始覆盖村庄。这时的乡村是静美的,

我好像回到童年,又好像回到人类的初始。

运草车啊运草车,你是我灵魂中抽出的秋天的血脉,
村庄啊村庄,我的一生都起伏在那片变幻的云朵之上;

如果白云还在天上,河流还在流淌,我躺在干草堆上无法说出我的忧伤,
村庄也会老去。我记住了我的姑娘,我的亲娘,还有那黄昏里消失的村庄,
运草车运着干草,我和星光下的牛车,走完了平静的一生,我知道那是我的宿命。

乡村有一种草叫灯芯草,苦涩的胸中包裹着一颗光亮的心,
她不怕黑夜,也不怕末日来临,灯芯草生长在故乡高高的山岗上,
她点燃了河流和村庄,也点燃了红灯笼和我捧在手心里的温暖。

灯芯草啊灯芯草,我今生是否要读完贫寒的诗篇,
然后将骨架铺展成秋天的白杨,迎迓最初的明月?

我相信善良的操守和朴素真诚的爱,我相信大地的春天,
没有一块冰,能把火光和春天冻结,草是苍凉的,也是易碎的;
我要用黄昏的眼睛,看看大河中走远的炊烟和一棵老树,
一衣带水的故乡啊,如果光明从我的肩上升起,
我还要看一眼和平鸽子的忧郁,以及稻草堆怀旧的影子。

青草上的灯

风静如处子,躲在阳光的柴门外边
新雪,覆盖了群山,温暖的炉火照亮一张朴素的脸
羊还在山上吃草,那柔软的舌头带着仁慈的爱和大地的关怀
我坐在向阳的山坡上,一卷诗书被早晨的风打开了心窗
青草上的灯,你是我一首晶亮的无题诗吗
是从银河洒落的珍珠吗?是从天堂留下的美好音符吗……
无孔笛吹着忧伤的旋律
我要把每一个青草上的泪珠吻干
我要用干草编织生命的花环
乡村的爱凄楚而又苍凉
死亡的手指触摸黎明的红唇
犹如处女涌动的血潮
每一片落叶在大地燃烧
那不灭的火焰再一次把心灵照亮
人是无法走出心中的佛门的,乡村是一个松开的心结
青草上的灯,让我感到死亡是如此高贵而又静美……

马头琴随想（节选）

■ 熊 亮

一

琴弦颤动，我的泪摇落。
孤独的马，在风中昂首。
草原的暮色这次真的很浓，青山遁形长天无语，雨，倾盆！
琴声如长刀，吹断马的鬃毛。 滚烫的泪水燃烧了草原的辽阔。
我的套马杆将毁去，密闭在一团火里，为马奶酒加温。
日夜兼程哦马头琴的音符，生生复活千万匹野马的精魂，我在马背上飞奔，我在马背上哭泣！

二

秋草染霜,霜白如玉。

圣洁的马头琴,盛满月下的草上最后一片霜的光芒。

骑士,飞驰;四野茫茫。

云在何方飘动昨日的旧梦?

嘹亮的歌声已然喑哑,你的马蹄踏破阴山的月牙,月落,失明。

三

陷落一座世外城池,仙乐在草根下聚集,风沙在雪下沉睡。

我的马头琴在城头盘桓,曾见长河绕牧场,曾醉烈酒弯雕弓。

不要勒住马的丝缰,不要停歇琴的暴雨,我情愿迷乱在马的追风魅影,淋漓一场透彻心扉的骤雨。

四

画卷展开,琴音戛然而止于最后的马鸣。

酒已喝干,马蹄消失。

草原的另外一端。

月光散落,刀刃入鞘。

五

深井里的水这样清冽,从辘轳绞起来,我的大手在用力。

不忍撒泼一些,不忍作践一点。来自大地深处的水,注定滋养生命的水,我捧起了一张生存的风帆。

六

我要月光住进这滴水里,将尘世洗涤。

七

疯长的草,高过马背,高过我们相约一起的白色敖包。

勒勒车在草中,我们的帐篷在草原中,风吹,草香。

奔驰的骏马驰骋赛场,天上是那轮耀眼的太阳。

耳边是歌声是马头琴牵手我的高娃。

马背上有风景掠过,舞动青春的奇迹,你看湖水依然如故,只是你何时才能再坐这趟勒勒车,只留下我独自将马头琴反复摩挲。

八

我要紧闭双目,将身躯紧紧贴近草原上的露珠,让白云围裹。

不曾停歇的流浪,今天要在这里放逐天际。敞开不够的心扉,今天要在草原上解除世俗的藩篱!

心底深处的呼喊,就该和马头琴一起飞翔蔚蓝的天空。

马头琴哦马头琴,就让你把我的思念揉碎,就让你把我的痴情灌醉!

九

一把马头琴能撑起如席的雪花吗?

猜想当年牧羊的苏武的两耳浸透了琴的苦涩,雪落衣襟,琴弦崩断。

马的蹄声在琴弦上,草原的雪纷纷扬扬,长安在一片雪花之外。

十

蒙古的长调哦像天空一样辽阔,你的马头琴拉开风云的大幕,起伏在群山之下的原上草,从一点星光开始摇摆。

多情的草原,只有苍茫四野才能包容。

闻道蓬莱有仙乐,不似此音豪情壮!

让这杯香甜的酒再斟满，在琴弦上乘风、破浪……

让这曲牧歌延续，与朵朵白云一起在高高的山岗任意飘荡、在无际草原唱一回淋漓酣畅！

十一

画卷在草原上不断扩张，如同水银泻地般汪洋。

你那痴狂的舞蹈，伴着悠扬的马头琴，将天地间鲜花一一盛放。

洁白的蒙古包，容纳了千万匹骏马的彪悍。

甘洌如火的酒，滋养了一年年的汉子的套马杆。

天上的星星，比不了琴音的光芒；地上的湖泊，比不了琴声的浩瀚。

我的马头琴在风中飞驰，我的眼泪在马奶酒中沸腾。

情愿在大青山下长眠，让马头琴的音符布满我的毡房。

十二

大雁来自长安，那些与昭君一起出塞的精灵，马头琴在响起，谁的清泪落下。

塞外的风沙迷离了长安的城楼，迷离了草原的辽阔，雄鹰的翅膀在盘旋。

霜雪何曾染青丝，刀枪入库静边疆。

好吧，就让流水在草原上静静流淌，让马头琴在夕阳下自由演奏起塞外的长调。

一声声的唱和，一杯杯的马奶酒，在草原的云朵下奔放。

穹庐之下，有帐篷如画。穹庐之下，有长安落照。

好一个塞外胡笳迎风舞，好一个汉家竹笛伴琵琶。

十三

风贴着白云飞，贴着原野上青草的露珠飞，一生神游的马头琴低沉而辽远。

等在千里之外，默立斜阳里，聆听琴声哦借月光将旧梦重追。

十四

马头琴响起，我的心就跃上马背，风一样自由。

无边的风，无边的草原，都在我的马蹄下，都在乐曲的旋律中奔放。

战鼓的声音在耳边，鏖战在远方继续，我的马蹄向着战场飞奔，我的热血沸腾。

我就是那朵血染的格桑花，我就是那道长刀的寒光，此刻，在马头琴的音符里复活。

琴声低回，我的泪何时竟湿了衣衫。

十五

你的琴曲中也有忧伤，我的心感到悲凉，那是大漠的云彩在扩张，我的红颜在江南。

草原的边际在大海，海边有你的眺望。

十六

湖中的云影斑斓，你的扁舟静泊。

辽远而近在眼前的塞外，水草丰茂，奔跑的是曾经的幻梦吗？

苍茫的穹庐之下，我愿枕下一棵水草，饱经马蹄踏踏的乐音。

在某个长调唱醉夕阳的时候，与秋风老去。

秋风是醉了，压倒了草原上的羊群，撩动了酒樽里的清霜。

远古的鼓角在风中呜咽，马头琴在战鼓的鼓点之上轻骑竞发，一醉大笑仰射云，不惧来日风沙卷北风。

十七

最终我醉在高高的原上草下，阳光的味道，骤雨的味道，连同穿透我柔肠的烈酒，浇筑我不羁的灵魂。

撩拨琴弦的是你的素手，是天地的精灵在起舞，舞蹈也是醉酒一般自由一般狂热。是怕将起的野火点燃这香草吗？

我在原野放纵，我在原野默然。

长河在枕下，河上是谁家渔舟悠悠唱起渔歌一曲，我看见天堂的影子在蓝天之下明丽。

十八

寂寥而骚动着的草原，聚集彩云。

我的羊群在原上，那些漂浮着的画卷，承载起了绵延的群山，群山是如此伟岸。

风过，草低，我在一根琴弦上疾驰。

从一把马头琴到另一把马头琴，你的琴声将山河托举，将长天拉伸。

十九

辽远之外是大青山的伟岸，是白云的故乡，那些温存的毡房开始飘散炊烟了。

我的马，在奔驰。风，在劲吹，斜阳在天边怒放灿烂。

你的号角吹响，月牙升起了。

画里的草原，被一柄马头琴点亮漫天星光。

我在星光下狂歌，我在星光下醉舞。

二十

鼓，从远古的山谷响起，沙石从史书中飞扬。

惊雷一样的滚动，在马头琴弦上，奔突、冲锋，那些久远的战阵，寒光依旧在琴弦上耀眼、夺目。

不是江南的丝竹，不要娇小的曲廊园林，只要无边的草上年年岁岁的霜风冷月。

用寒气磨砺锋利的长刀，长歌起处，马头琴声壮我的马奶酒，酒，在北风中燃烧。

琴弦上，是凤凰在浴火飞翔九天吗？

秋风起兮

■ 张 威

一

融入的温暖里,自成一体。

适合在灯火中舍弃,遗失的虫鸣;适合在流水中,抛却游鱼的忐忑。如同树影可以叠加,深深的秋意。

回到大地的落叶,它们与天空合二为一。

平静永恒,只为续写,空谷回音。

二

遇见越多,越是沉默。

一朵花的沉静,从未扰乱世界的秩序,更不携带苦痛。花开有时,明媚有时,萧瑟有时,那些反复提及的忧伤,保持宿命的质地。

而忠于内心的选择往往,一无所获。

如果我还有什么没有说出口的话,相信没有人可以,替我说出。

三

中年在斜坡加速,大地布满纷争。

岁月中的假象,有一种无可抗拒的力,在潜滋暗长中升腾,环绕。内敛的忧伤,从表象到悬疑,梦中的拉扯,排斥,碰撞。

心念相随。无法比拟的沟通,无声无息地从骨缝中渗出来,辗转难眠。

秋来,荻花为谁白?我不禁在心底深深地叩问……

四

客居他乡,游戏人间,活着,我的座右铭是:
低微地做人,高调地做事。九曲十八弯,人间应低眉。
内心如水起伏。而既为过客,何不放下。

索性坐下，沾一点土气。这样，有利于与大地交谈。

五

再一次进入漫长的黑夜，有谁？在喃喃自语。

困于暮色，巡视自己的内心，哑口无言。传奇是最高枝上的花，所以是传奇。

把所走过的路，走出温度。每一种情感，每一个片断，每一句话语，每一件小事，都来自，自己的愿意。那些不会说出的小秘密，也是深深的愿意。

如是我闻，留不下的蛰音，大音稀声！

六

呈奔跑之势，气沉丹田。

多年前的脚印，仍在缓缓行走。"沧浪之水清兮，可以濯吾缨，沧浪之水浊兮，可以濯吾足。" 叫我如何辨认梦游。

一面是自我娱乐，一面是现实的陈述。疲惫了，可以躺在云上，抱团取暖，睡到天明。

一滴垂落的雨，你依然可以听见。

七

预谋，以及锋利之词。

从种子到种子。心是湿漉漉的,保持一种活着的姿态。

大风稀释了恩怨,耳朵里装满了流言。生命轨迹向着低处,降下炊烟。

八

花蕊上落下金黄,与微渺的一束光联结,发现并了解差异。

世界。自然。岁月。人生。它们没有目的的神奇,互动生命的轮回。

沧桑,生出凋零的感受。我将迁徙于自然之境,卜居小丘之陬。而真正的隐,是和山水一起,此消彼长。

如果有所表达,我充耳不闻。

九

荻花落了,菊花才开。

生活本身的美,不隐不显。人生是一处驿站,有人在这里打坐,有人在这里歇脚。

没有什么心灵鸡汤,没有什么调料佐味,也没有什么工具和大师的指示来引导,不用别人告诉。

秋水寒山。我只带回一束野花,一捧野果,表达自己的感受。

十

风起兮,云朵飞扬。

秩序如此。静心的安慰,临界。逆向进入生活,需要策划一场,一场春秋大梦。

叙述的彊界,在一片灰茫茫中,让你陷入更大的苍茫。

此刻的我,微醺着,近乎,自言自语。

废墟花火（组章）

■ 李兵印

女人书

千页里的闺房，镜里面妆，水中的月亮，丢了胭脂香。

从金莲寸步，到大脚迁徙，一副女人面，洗了再洗，一件花衣裳，缝着流年过往。

轻拨幔帐，把尘封的扉页叩响，借了你的书，连同你的心一起读。

趟着书里流过的印痕，舀四海水称成凝重，和成泪，
尝风飘的咸，盛五湖墨点染沧桑，和成歌，

吻书里浓烈的诗行。

是谁，用生命的拐角折成尺子，量你来时纤弱的厚度？
是谁，把女人画成两瓣，半是美丽，半是丑陋？

书哭了，拿最静的江水去揉，再把泪换做爱，捂在胸口。
书累了，让心的温度暖你的额头，拨泛黄的书签弹唱心曲，与枕边鼾声入梦。

如果，第一页的女人，传说着断臂女神，
那么，女人的最后一页，岂是落幕的王后？

读画里的静。
活在书里，推动的涛涌，捡前世话和今生事，成就铅字风流，陈文老诗，已不再是锁在方格里的温柔。

女人书，你硬是把太阳和月亮扯到了一起，这部万古长卷，读到何时懂，书又几时休？

鸟巢梦

呆了湿地的鸟，景色被谁掳走？
花的期许，何时挂在月圆的枝头？
结霜的气息，可是凝神的冬季，人与雪对视，直到——

太阳烤红了水,
冷月暖融了冰。

磨尖想的锐角,深抵思维的洞,纵然滴血吟唱,无痛的疼。
谁把酿了一个甲子的红酒斟满?
谁将疯了的桃花嚼红?
追寻向南倾斜的雨线,对着腹部的那亩玫瑰,放肆地俯冲。

这一程,被典当的灵魂,一丝不挂。
已投降的翅膀,搂着巢里的梦,孵的意义,将比升腾的燃烧更具温度。

这么深的爱,是毛孔里贲张的瀑布,
这么长的等待,是为肌体感知的隐隐蠕动。

风飘的老树

两团雾,凝成两棵树。
左岸长衫,
右岸罗裙,
累了百年,还是迈不过两山间的那道沟。

张开伞,数着四季,不知哪道年轮,更苦。
遮着太阳眼的淬火,种下潮湿的心,等待邀约千年的活,别让风干的枝丫折了，丢了那粒青涩的果。

大于想的感觉，深深扎入土，嚼了再嚼变色的摇叶，
哪一片更深？
哪一片露重？

借一夜梦里来过的鸳鸯，用喙，把紫色风铃叼起，挂在唇吻的额头，化作雾的念想，让风捎去，系上怕冷的蓑衣，做一枚深嵌你心窗上的纽扣。为什么你的身子总是倾斜彼山，纵然是迷人的野藤，也扯不回相倾的身影。

能否有一天，
雨，洗礼了凤冠，
风，牵手驾于两山的弯虹，
听，雷的鼓声，塞满河谷，把山挪动。

阔叶擎着陈年碎语，写着怎样的情书？
山，又低了，更瘦了两棵风飘的老树……

投降的玫瑰

趴在秋背的颜色，浓重了最后一道风景，衣披下的内容，
千阙。
百城。

醉了键盘舞蹈，煽动了谁的琴音，一尺方屏，俘虏了万朵桃红。

举着寻找玫瑰的标签，穿梭在时空楼道，嗅一缕香随裙舞。

尖叫的火花，掀翻了谁的盖头？

满满对视，缘了交杯酒，就把筋脉扯成横着的雨线，做连心的绳，就把肋骨拧出血，照你的影。

水，丰润山，渗入血脉的每一粒分子，脉脉挺起。

月儿圆了夜。

山矮了水。

这，半跪的姿势，颠覆了主人与奴仆。

江河荡漾，满山玫瑰，我预备一个半青春，瞄准最爱。

子弹飞。

雪与阳光(四章)

■ 冷雪

雪

你知道,这比冥想深邃。
不只是春秋。
千年的冬雪,亘古的河山,温暖,浸淫着的今生来世。

昂首的人,他站立。
像狮子,像森林的暗流,漫过雪的冷,冬的孤单。
然后行走在世上,留下细小的幸福,贴紧玉的心。

已经远离了伤口。

疼痛的冬天,聚集的感动,巢穴,灰烬之外,是比森林还郁郁葱葱的宫殿。

我不得不低垂了王的头。

一定不是虚惊的冷,已经是实质的冬天,散尽的叶子如宿命,正在酝酿一场更大的雪,将冬的江山,彻底掩埋……

狮　子

昂起头,黑夜还没有醒来。
一头狮子没有绝望。
一头比雪还黑的狮子,如燃烧的血,灿烂在冬天深处。

或者,已经远离了身体。
腾云的风,划过春天的前夜,感念最初的温暖,与之相邻的梦,抵达最后的寓所。

而此时,阳光正好!
玉的质核,悄无声息地舒展在峰巅。

远离了草原,我就是狮子的森林。
不吼。
不奔。

不眠。

一头没有绝望的狮子。
一头比雪还黑的狮子。
只是,昂起头,将如玉的温暖,轻含口中……

钟　声

比春更深。
北风越来越锋利,凛凛的寒,如晚冬阳光的阴影,侵袭着雪日渐模糊的双眼,持续倾听天籁。
持续的倾听,直至,血液发出海的咆哮。

海的咆哮,惊醒了雪的幽梦。
是在雪中展开的双翅,却拒绝飞翔。

行走的方向,不断暗隐,不停起伏,如心的律动。
时光,慢慢散去,而我,坚持着最后站立的姿势,不让蓝天发现。

蓝天发现,雪与阳光的最终交合。
炊烟,萦绕风花生生世世的江山。
唯一的天高水长,向晚的钟声,弥漫,无尽地弥漫……

阳　光

水还没有比夜凉，我却触摸到了阳光的温度。
这势不可挡的热，竟让我的血压狠狠地撞击了星的光。
我心的律，我汗的湿，是怎样侵袭了华年的盛景……

是华年的盛景。
广场的灯笼，这节日最初的色彩，却挂着雪的红，如泪、如海、如洋。

谁的血压正持续走低？
瞬间冷却的热，是怎样认知了放浪形骸？
如夜的痛，飘，就是飘，最终飘下了虚无的白。

雪，还没有来得及汹涌澎湃，却又挂上霜的尘埃。
阳光的舞蹈，
时光的钟摆，
悄无声息的剑，将我的词阙，纷纷腰斩。

所幸，还有白的勇气，我死了又死的勇气，这最后的雪，已经睁开了失明经年的眼睛，来仰望天空。
就是不放弃仰望。

沿着水声向上（外二章）

■ 魏洪红子

沿着水声向上，企图找到一匹白马。

这匹白马肯定要到河边喝水。它的体态就是这水的姿态，它的毛色就是这水之纯粹，它四蹄扬起的就是这水声。

它低下头去喝水，那呲呲的吸水声，明亮了整条河。

仿佛河是为这匹马而诞生的，是为这匹马才流到这里的。

河边的石头是为它奋蹄才坚硬的，河边的树木是为它扬鬃才疏朗的，河边的旷野是为它嘶鸣而无垠的，河边的地平线是为它狂奔而延伸的。

此时。

如果再调进些月色，研开，涂匀。这河水就更让人神往了。这匹马就更让人渴望了。

此时。

不需要去分辨哪里是水声哪里是月色。

也不需要人搅动。月已经和水融化在一起,至于是水在照耀,还是月在流动都无关紧要。

重要的是——

那匹白马,能站在水边,它的影子挪出体外,脱它远去;它的啸吟挪出体外,脱它远去;它的肌腱挪出体外,脱它远去;它的骨头挪出体外,脱它远去;只剩下赤裸裸的灵魂,生动着这条河的肉体。

这个时候,任何人只配有听觉。

一群鸟

雪后。一群鸟从背后飞来,超过想象和天空倾斜的速度。

我不知道那片林子是怎样一点一点地扒开雪,抖了抖身子,露出头的。

雪地里能露出头的机会,当然只有天空中这群鸟最先看到。

看到,它们就要向着飞。就要落。而且是以坠毁的方式落入林中的。

我正走在雪后的原野上。

我的兴奋不能堆积一个令人鼓舞的什么。只能拢起不远处的另一个我,且慢慢地越来越大,越来越虚。仿佛就是那个被雪掩埋而曾有火狐出没的洞口。

在这样的时候，我常想用看天空来表达我的宁静。用看天空中的飞鸟来表达我的骚动。

而这时，一群鸟以坠毁的方式落入林中。天空开始向南错动。
我开始寂寞。这是不是鸟对我骚动的一种报复。

绳子断裂

说到底，一根绳子是沉默的。
不管它要负多少重量，不管它要连接多远的距离。
一个重物晃晃悠悠从高空吊下，初看只是一个点，当稳稳地落在地上，却令人嘘唏不已。
这高低是绳子的细节。
两边的距离有些迷惘，怎么看都是两条岸，是一根绳子拉近了它们。
这远近之间也是绳子的细节。

不过，这都在它所能承载的范围。
看不出它有什么惊人之处。

而当两面的力量都逼迫它，要它倾向自己；或者上下的势力都威逼它，要它索向别人时，它再不能承担。
绳子的忍辱负重被绷成一根弦。
两面上下还在加压。

这时,看到在它生命的最细处好像冒起了烟。
这时,只听得它一声惨叫。
那一瞬间断裂了。
在它断裂落地之处,连接那两端的是一道闪电。

一棵树，就在我的窗外
（外二章）

■ 程绿叶

这是可以流泪和做梦的地方。没有人能够这样走近过。

并非我有心栽种。甚至不知道什么时候就已巍然而立。一棵树，就这样，从白天到黑夜，从窗外到窗内。

一直这样看着我。正如我看着你一样。不同的是你把我的潭看得清澈见底，而你的草原辽阔无边。

只能搂搂你的腰。你的目光很高，很高。向着远方的田野。但不排除还能够呼吸你的气息，清新，怡人，温暖。

我喜欢这样看着你，静静的傻子。固执，简单的笑。看着你郁郁葱葱，生机盎然；伴着你在冬季里飘落，捡拾时光落下的碎片。别在胸口，细细品味。

你在，我无所谓风雨。

你在，我看不见别人。

我想踏遍你的千山和万水。然后，在你的湖中沐浴，浮沉。此生，此事，比 CEO 和小公主更荣耀，更高尚。

钱，能做什么？青春，能留多久？

你的湖，闪着诡秘的光，可销魂。哪个英雄巾帼能够独闯关山！我的灵魂，也是在那一刻丢失的。

一念的过错，却要用一生承担。

一夜的秋风，我用了整个季节也未能清扫完毕。

有时候，在相守中对峙。僵持的心，有几分疲惫。你说累了。

横在门前的那条河，河水很深。咬咬牙，也许就真的趟过去了。大不了，流点血，都不叫事儿。

只怕，一转身又是一辈子。错过了日月流年，辜负了打坐的右手。

我说，也累了。委身于你足下的一棵草吧。一粒尘埃也好。让你牵着我，呼吸蓝天和云朵。放逐鸽群和牛羊。

守着你的一方水土。

哪怕你直插云霄，向着更远的辽阔，探望妩媚的星子和嚎叫的月亮。

只要你是快乐的，向上的。把黑夜和风雪都交给我吧！

天上星星那么多，不知道你守望的是哪一颗？

窥见我的目光，是那些杂乱的野草和花朵。当然，还有错生的那棵树。也许，他们还在一旁幸灾乐祸。他们不懂，我的呐喊高过头顶，高过碧海蓝天。高于沙哑的声音，高于花哨的鸟鸣。

你也不会太懂。

我相信缘分，你相信宿命。

前世的相欠，今生一定会还！

我想在秋天里,把你搬进小屋。从此不在飘摇。

因为我们,都走向秋天。

我说过,怨你,但不恨你!

十 年

携一首诗,走在商场。试图,与刀剑争辉。抑或,仅仅圆一场未圆的梦。不排除,证明某种存在。

搭上了最好的花朵和最美的雨点,任时光的鱼蚕食。忘记咸涩和苦痛。

十年的辉煌,十年的血汗。华发敌败了青丝。纤弱的手,再也握不动笨重的球。

那就,放下吧。

戛然放下。在某个时期的某个高度。不与野兽争勇猛。

拍拍满身灰尘,寻觅马匹和真实。

自由,比一切的荣华更高尚。回归,竟如此的惬意。

时间从来没有像现在这样静下来。可以听到笙箫和自己。

天空高远,却让我的心情无比蔚蓝。大海辽阔,却让我有了想飞的冲动。

一棵树,或一只鸟。正在享受着阳光。无暇忆及昨日繁华,风光的背后承载着太多的无奈。

十年不晚。来一场说走就走的旅行,或把酒论英雄。

十年不早。还有多少春天可以开枝散叶?少年一样,为一朵玫瑰赴汤蹈火。

楼头画角，又染上了流年的霜。独上兰舟，夜风已载不动旧时的明月。

注定与缘分无缘。

而诗心和那首诗不迟，不老。

渴　望

天空貌似湛蓝。久旱的花朵，渴望一场雨。酥酥的，鲜活一场爱情。如我，对你的渴望。暖暖的，让世界复苏。

迷茫的灵魂，在黑夜里渴望摆渡。

别告诉我，你已无所渴望。即便沧桑岁月的心，已疲惫。

莫说君生我未生，莫叹春风携花去。

高度，让你有着太多的借口说：不得已。

而我，只想在炊烟的仰望里，童心不泯。看云，听雨，捕蜻蜓……与桃花起舞。等待一场轰轰烈烈的爱情，在一场花雨中开始。

我更渴望，我的亲人从古墓中复活。我知道那是不可能的。但我的心是真的，我的思念也是真的。星星可以作证，大海也应感知。

现实如鞭。我是那只旋转的陀螺。消耗毕生的精力，证明生命之美。我无力向上，但也不要跌入谷底。

在阳光的背面，渴望是苍白的。贫血的土地，仅仅有种子是不会发芽的。我们渴望耕种者，更渴望施肥者。让满田的稻子扬花灌浆，然后在秋风里成熟。收割的喜悦不应该是属于某个人的。

属于整个季节的。

属于你和我。

渴望每一滴水都是清澈的,每一片叶子都能享受阳光。信仰覆盖物质,文明拂去卑劣。迎接,代替回避。

长亭十里,黄滕酒依然暖在手中。

月亮没有走远。

秋天,在乡下与植物相遇（六章）

■ 姜 华

玉 米

把种子扛在肩上,让信仰在头顶开花。

这些人类的故交,大地的恩赐。这些北方的土著,在农业里出尽了风头。

不炫耀、不张狂、不显山、不露水。站有站相,坐有坐相,一身乳香,安静如孕妇。

不需要打广告,它们的名字就是品牌。

短暂的生命里,只有奉献。从头到脚,从内到外,从地面到天空。

秋天,在我的老家乡下,玉米在田间站成的方阵,像训练有素的士兵。

父亲、母亲、哥嫂同玉米一起,从夏到秋,从种到收,要熬过三个多月的高温、酷阳、暴雨、狂风、病虫害。

它们中的一部分不堪时光的折磨相继死去,像野草,更像草民。

都有一口好牙齿。咬碎并消化生活中的苦难、无奈和忧伤。永远生生不息。

这个秋天,在故乡一块玉米地前,我深深地伏下身子。更远处青龙山上,埋葬着我的先人。

向日葵

辽阔的乡间,向日葵,高举着受孕的胎盘奔跑。

柔软的阳光照在胚胎上,胎儿粒粒饱满。

挺着沉重的身子。向日葵,像一位足月的孕妇。

向日葵,追赶阳光、接受季风和雨水的洗礼,头顶一盘金黄的太阳。谁在田间执灯,照耀万物生长。

田野温馨的令人窒息。周围的邻居,玉米、土豆、和高粱,都是些低调的植物。还有那些蝴蝶、蜜蜂和蜻蜓,把爱写成励志文章,发表在田野上。

成长的季节,向日葵扬起头来,聆听骨头拔节的声音

在风雨中,向日葵扶起周围跌倒的兄弟,一起采集阳光、雨水和爱。低调、谦卑地生活,健康、快乐地成长。

在秋天,成熟的季节,它们一个个关闭自己的声音,低下头去。

抬头是一种姿态,弯腰,更需要一种修养。向日葵,不需要修辞,

在乡下，它就是一种普通的植物。

阳光、青春、高贵，一尘不染。

手执净瓶，端坐在莲花之上，普度众生。

土 豆

圆圆的身子，像足月的孕妇。

土豆，憨厚的品像，浑身长满了眼睛，把小小的心思藏在土里。

在板结的春天脚下，土豆，一颗优秀的种子，在父亲的期待里潜伏，等待突围。

四野空明。土豆秧，不需要篱笆。充满情感的触手，长得很有尺度。把肤浅的东西伸出地面，寻觅知音、感觉和阳光。寻觅爱情、雨水和石头。

绕过田园的秧子，头上举着白花，它在向人们昭示什么。

在我家乡密集的农事里，记载着土豆家族的兴衰。

春天，我看见土豆弓着腰，从高山上走下来，一身泥土，像负重而行的父亲。

秋天，怀崽的土豆，挤在一起取暖。当我们满怀期待，认真地刨开地表，发现，真正的智慧就在下面。

拾起这些深刻的兄弟，我们需要弯腰。

对农人们来说，这只是一个不断被复制的季节。

土豆，在父亲菜色的脸上开花。父亲，在贫瘠的土地上开花。我在母亲瘦弱的秧子上开花。

柿　树

站在地头上的柿子树，像一尊大地上雕塑。

身上的叶子和果实，已在秋天出走。闲下来的柿树，像一位老农，站在地头上，深情地凝望脚下空寂下来的土地。

火热的季节远去，鸟雀声远去，子女们纷纷远行。

深秋里柿子树，站在田野里。孤单、执着、无语。

树梢上，仅余一枚柿子。灯笼一样，把灰暗的田野照亮，给黑夜指路。

裹紧身上衣裳，慢慢追忆生长的欢乐、痛苦，把怀念留给风去诉说。

少时的伙伴、同窗、朋友和邻居，在一些不明真相的事件中，相继离去。

伸向空中的手指，妄想抓住什么。满足或者内疚？苦难还是幸福？

一棵垂暮的柿子树，站在深秋里，慈祥如佛。

高　粱

顶天立地的植物，在秋天头顶上扬花。

这些红脸庞北方大汉，个个身材挺拔。

不选条件，不挑地块，不用农药和添加剂，撒到哪里都能发芽。

更像丰乳肥臀的女人,繁殖力极强,子女多,后代也多。

从不卖弄自己。哪怕永远比我高出一头。

粗茶淡饭,也能喂养了雄起的北方。

独有的品相,注定成为一代大家。

出过国、扛过枪、留过洋。拍过影视,上过专著,获过大奖。

成名后的高粱,从来没想过修改自己的名讳,和基因。从来没打算离婚,遗弃自己的爹娘、妻子和儿女。

这些北方列兵站成的巨大方阵,让北方惊叹,让国人惊叹,让世界惊叹。

南　瓜

蔓有多长,梦想就有多长。

长在农事里的南瓜,一生都在修行。

播什么籽,结什么瓜。忠诚是唯一的信仰。

喇叭一样的花朵,是它向外面倾诉的通道。

绕过地头的秧子,坚定地走向远方。硕大的叶子下面,往往藏匿着秘密,和惊喜,或大或小,或长或圆。像月光,圆缺在母亲脸上。

母亲在的时候,给每个南瓜都起有小名。胖墩、丫头、歪脖、圆脸、麻子。

四十七年前一个秋天,母亲被一条南瓜蔓绊倒,再也没有起来。

那时候,我十岁,弟弟五岁,他还没有学会疼痛、和哭泣。

南瓜花哭了。合上了花瓣，泪飞似雨。

我是母亲藤蔓上结出的一枚苦瓜。

酽酽乡情

■ 许泽夫

挖山芋

我隐约听到一只山芋在嘤嘤抽泣，穿透厚厚的瘦土，穿过阡陌，直抵我的梦境。

天一亮，我拎着铁锄，趟过秋霜，径直来到地里。

在犁过的地上，在耙过的地上，在父亲母亲和姐姐弯腰走过的地上，我一锄一锄地复习。

我坚信冻土之下，总有因贪玩而走失的山芋，它在等待我的相救。

冷风从领口袖口往怀里钻。

寒鸦在老槐树的枝上叹息。

我的手冻得通红，如被河水洗过的山芋。

挖到山芋时，我欣喜若狂，如找到失散的兄弟。

我用手搓，我用破旧的袄子揩去它身上的泥巴。

我把它放在竹篮里，继续寻找下一个山芋。

日落西山，我举着盛满山芋的篮子，一路欢叫着奔向母亲。

母亲会用井水将它们洗得干干净净，再用牛粪为它们取暖，直到烤出它们内心的暖意和香气。

亲人一样的山芋

土豆、芋头、地瓜、番薯、山药……你有许多名字，像山里的娃，有大名、乳名、学名。

像山里娃，命贱，名字也贱。

许是知道自己卑微的出身，从不抛头露面，不与小南风打情骂俏，不与迎春花争风吃醋，将粗陋的身子伏于土层，深藏不露。

只结果，不开花，即使开了，也只在清晨开放，午时闭合凋萎。

它在黑暗中发育。

它在沉默中成熟。

施不施肥都无所谓。

松不松土也不在乎。

有水就喝一口，久旱就忍住饥渴。

不声不响长大了，成了农家的主粮，将一家人一村人度过饥荒的苦难。

浮肿的父亲扔掉了拐杖，抓起了柴刀。

虚脱的哥哥从炕上爬起，挑起了扁担。

苦里生，苦里长，却结出甜甜的果实。

山芋，你这地地道道的山里娃啊。

丝　瓜

一嘟噜一嘟噜，抢在夏风吹来时，你举起黄色的小伞。

老祖母麻利地用木棍、竹竿和绳子搭起架子，挪着三寸金莲，从老远的沟塘提水，疼爱地浇灌。她腰如弯镰，一根一根拔去杂草。

但你的花并非为老祖母开放。

一颗不安分的心飞在篱笆墙的那边。

你擎着花，站在篱笆上，一节一节往上攀，一寸一寸往上递。

老祖母识破了你的心事，她精心为你搭建扶梯。她慈眉善目，菩萨心肠。

但你终究没能翻过那堵并不高大的墙，断绝非分之想，安分守己地结果。

长长的丝瓜，垂在农家小院，像做错事的孩子，低头反思。

悬在教室外的铁轨

大山里的孩子没见过火车。

火车，只在黑板上轰鸣，只在年画里奔跑。大山里的孩子都有个梦想，长大了出息了，坐上火车到山外的世界。

但我们见过铁轨，真实的铁轨，就悬在教室之外，和老师的教鞭一般长，和妈妈的棒槌一样粗。

在老校长的敲击下，铁轨会唱歌，美妙的歌声在大山里久久回荡。牧田的老牛、割草的姐姐、灶间的祖母都会停住活计，侧耳倾听。

铁轨会说话。在朝霞满天的早晨，在落日熔金的黄昏，洪亮地告诉我们上课、集合、排队、课间操，语气铿锵，不容反驳和违背，响彻校园和天空，几十年过去仍在我们记忆中嘹亮。

后来这节铁轨，在我们逐渐发育的身体内铺设，梦想的火车昼夜不停地驶向远方。

再后来，我们的骨头按这节铁轨的硬度茁壮生长。

下雨的日子（外二章）

■ 项丽敏

下雨的日子有一种奇妙的安逸，似乎任何事都可以暂停，理所应当地清闲下来，包括墙上的挂钟，也可以歇下，停止摆动。

手机最好关掉，电脑也不要开启，人呢，自然是不用出门的，不用与人见面、说话，就待在自己屋子里好了，泡上一杯热茶，在茶香里看书。

——书也可以不看，捧着杯子，让掌心吸收茶水的温热，在窗边无所事事地坐着，听雨。

如果屋子里是两个人，可以摆开一盘棋来，默默对弈。如果这两个人正在相爱，那么棋也可以不要，书和茶都不要，墙上的挂钟更是不要了，只需一张床——一张小小的床就可以。把床当做世界尽头的孤岛，把雨当作没有边际的大海，两个人与世隔绝，相依为命。

如果屋子里是三个人呢？有三个人就必须要说话了。三个人在一间屋子里待着，什么都不干，又彼此不语，那种安静会让人紧张，坐立不安。想到不得不说话，就觉得那雨和雨声带来的诗意、宁静，会被切割，割成碎片。不如离开这屋子，撑了雨伞走出去，走到野外，到雨里去听雨。

雨声听得久了会觉得寂寞，会陷入潮湿的忧郁情绪——这是不可避免的。

每年早春，我写的诗歌都带有灰暗的、湿答答的水汽，但我并不因此盼望晴天，也不想去一个热闹的可以避开雨声的场所。宁愿待在独自的地方，任单调又持续不断的雨声嘈嘈切切，在近似自虐的孤寂中与自己相守，沉思默想，写作。

对于一个写作者，或者迫切地需要独处的人来说，雨声是一面极好的屏障，能把自己与外界恰到好处地隔开一段距离。在雨声里，无处不在的喧哗与嘈杂皆被过滤，消了音。雨声是古老的天籁，是一支反复吟唱的安魂曲，给这个世界带来的是可以信赖、近于永恒的安宁。

知　秋

毫无征兆地，一棵树落下一片叶子。

在黄昏的蝉声里，一棵梧桐树的叶子从枝头一跃，落下。

这是一片掌形的叶子，姿态悠然，在空中打着旋，仿佛只是离开树端，溜下来玩一会，在夕阳迷离的光线里滑翔、出神，等蝉声退下，再回到树上。

这是梧桐树落下的第一片叶子。叶子落下时，梧桐树像是被什么推揉了一把，微微颤动，很快又恢复平静。

世界还是之前的模样，不动声色，一些细小的转变难以觉察。

湖的对岸，夕阳携着别意，悄无声息落向山外，似划过天际的一枚酡红叶子。

芒草花

生活在湖边的缘故，比较常见也颇为喜欢的，是水边的芒草花。

水边的芒草花极赋诗性，如同自然写在季节边缘的诗行，有节制地抒情，朴素，自在。水边的芒草花也是有画意的，与水中的倒影虚实相映，创造出一个简洁又繁复、对称又空灵的世界。

秋天斑斓，也短暂。当霜风呼啸着一遍遍刮过，把果子和满山红透了的叶子吹送到地上，芒草花也就白了。

白了的芒草花有着雪的单纯、优雅，也有着雪的苍茫与无辜。

只有到了冬天，芒草花才有雪的样子。和雪不同的是，它不那么容易就被尘世溶解，从大地消失，轻得像梦，也像一个美好的谎言。

芒草花是经得起枯索和寂寞的，整个冬天都覆盖在那里，在山坡和湖边，白皑皑，风吹过来，它就低下头，风过去了，它又直起身，安然无恙地端立，慰藉着群山的寂静与荒芜。

芒草花也经得起寒苦，日复一日的晨霜压在身上，并不能使之摧折。而当夕阳将余晖远远地照过来，芒草花瞬间就有了灿焕的容颜，细小的花絮上，闪烁着温暖又坚韧的光芒。

露水里的故乡（五章）

蔡兴乐

露 水

  一滴露水里的分水岭，总是在小草尖尖的叶子上，晶莹地闪动；总是在几只羊羔咩咩的叫声里，渐行渐近，次第闪亮。

  岭坡北面，玉米和棉花长势喜人，玉米用日夜兼程的拔节，来衡量母亲年景的好坏；而棉花则以一个一个青色的棉铃，为故乡的丰收助威呐喊。

  岭坡南面，那些干净无比的阳光，每每令人陶醉不已。而书生意气又血气方刚的我，对此总是熟视无睹。甚至还不如岭坡上的两个稻草人，它们相互守望和感恩，一不小心成为故乡最温暖的景致。

一滴露水里的分水岭，总是我清清爽爽的故乡，一滴露水里的故乡，不知何时起，已经住不下我的爹和娘。

小　草

头顶着露珠的小草知道，羊儿何时悄悄来过；蓓蕾初绽的花儿们知道，春风何时轻轻来过；日夜拔节的小麦和玉米当然也知道，荷锄的母亲何时又来过。

蹲守在原地的故乡知道，那土得掉渣的乳名，还有谁能够常常记起；默不作声的分水岭知道，谁总在村头那棵老槐树下，痴痴地等着你回家。

草棵下泥土里忙碌不停的蚂蚁和蚯蚓知道，村西棉花地里双亲的坟头，又不经意矮去了几寸几分。可这些，作为儿子的我却很少知道……

庄　稼

那些茂盛生长着的庄稼是幸运的。你看，一株棉花和一株玉米，开着粉红色的花，结金黄色的果。在母亲祈盼的目光中，它们骄傲得像是个王子或者公主。

玉米地里野兔一家子是幸运的。棉花苗上空飞舞着的几只花蝴蝶，无疑也是幸运的。这些毕生以黄土地为家的小精灵，早将空气干净、阳光温暖的分水岭，当成它们恩爱和过小日子的福地。

村口那棵大槐树是幸运的。幸运的还有大槐树枝丫间的喜鹊，它们叽叽喳喳地围依着温馨的巢，无忧无虑地嬉笑着、打闹着。引得一片彩云在树头上来回盘旋，久久不愿飘去。

屋前的几只羊羔，当然也是幸运的。屋后的鸡雏和鸭苗，也是如此幸运。它们能够整天守在母亲的身边，让我这个游子只有羡慕的份。恨不得下辈子干脆来个投胎重生，然后与它们为伍，不离不弃。

喊　娘

娘说，想她的时候就回到分水岭，那些白菜、水芹、扁豆、茄子，那些白米饭、红薯干、玉米糊，它们都和母亲一样，它们都心怀一副菩萨的好心肠，保佑着我普度着我，四季平安。

娘说，想她的时候就对着家乡的方向喊一声娘，她在三尺黄土堆下也能够听得见。我知道，村西南的棉花地旁，一把青草或者一蓬苜蓿花，早已经长过天堂的高度，轻易间就淹没了娘低矮的坟头。

现在，我忍不住又在想娘了。我对着三百里绵延起伏的江淮分水岭喊，我对着江淮分水岭上每一株成熟的，或者正在生长着的庄稼喊：娘——　娘——

胎　记

分水岭人都知道，天堂就是另一个世界，就是村西南那片向阳的祖茔地，离我们不远不近，仅仅只有那么一步之遥。

在另一个世界，母亲，您是不是依然喜爱房前植桃、屋后栽柳。用那双栽玉米苗的手，用那双挖红薯块的手，用那双缝补衣服的手，用那双常常不经意揉着自己老寒腿的手,用那双骨节变形布满裂口、甚至连自己最疼爱的孙女,也躲着不让碰一下的手,把一畦畦白菜豆角水芹南瓜,打理得比我那些所谓的诗歌,还要横竖成行,合辙押韵……

只有母亲知道,有朝一日,我去另一个世界与她老人家,相认时,身上隐秘处那块胎记,便是唯一的暗语。

挂在树梢的乡情(四章)

■ 凌泽泉

月光翻过那道山梁

打天边大老远动身,涉过千山万水,风尘仆仆地送走晚霞,还未来得及歇一歇脚,就被村庄喊了过来。

月光翻过门前的那道山梁,脚步匆匆地向村庄走来,脸上写满幸福的微笑。

裹一袭雪亮的外衣,枝叶的巧手将月光绣成一床床花格子薄被,轻柔地盖在宁静的大地上。拥衾而卧的小草们,做的梦也是青色的吧。

轻扣柴扉,不经意间,抖落一身星光。踩着噼啪作响的月光,青梅竹马的青年男女,手挽手躲进村东的高粱地里,说着亲热话。

瓦顶上，晒着月光的花猫，静静地卧着，一有风吹草动，就会衔着一束月光，飞快地跑过去，照亮暗处里的鬼鬼祟祟；池塘边，穿过柳枝的月光，钻进澄静如练的水里，迈着轻快的步子，一条蹿出水面的鱼儿，不小心扰乱了它的舞步。

斜挂在梢头的月亮，趁夜深人静时，悄悄地钻过窗棂，将轻柔的月光铺在棉被暗红色的缎面上。躺在月光里的孩子，连梦也做得很暖和。

月光将黑暗赶得远远的。零星的犬吠悄悄地爬上树梢，陪着月亮一直走到西山的那一边。

泥巴是一种药

村西的那条土马路，连着外面的世界，一场暴雨下过，黄泥巴便拽住乡亲们的脚，热情地拉着不让人离开。

一个个牛脚蹄凼，就像一口口深井，汪着浑浊的水，让人不敢下脚。

用雨衣盖住书包，孩子们顶着细雨，艰难地拔出陷进泥沼中的双脚，却把胶鞋留在了烂泥里。

几只白鹅伸长脖子，在牛脚蹄凼里饮水。

黏稠的泥巴狠劲地脱着行人脚上的胶鞋。人走在烂泥地里，每迈一步，都要拼力与泥巴争夺胶鞋的归宿。这是多么费劲的活儿，这也是父亲每到雨天选择赤脚的缘由。

走在泥地里，父亲光着的脚丫时常被破瓦片或碎玻璃扎得血流，回家洗尽脚上的泥，伤口上往往还汪着殷殷的血。母亲揭下一块黑色火柴皮，沾上唾沫贴到伤口上。父亲说，没事儿，泥巴就是最好的药。第二天，他又光着脚丫下地去了。

一个半大的孩子，穿着一双浅脸胶鞋，走上土马路，没迈出几步，烂泥便咬住他的胶鞋，他只好脱去胶鞋，光起脚丫，拎着一双泥鞋朝前走。

安西村的孩子们习惯赤脚走在泥泞中，无赖的泥巴终究奈何不了他们前行的脚步。

寂寞的村庄

硕大的池塘里，有几只黑鸭子在寂寂地游着。

田野里，隔年的稻茬叹着气，埋怨见不到主人的面。空荡荡的房子睁着黑洞洞的窗户，目光无神地打量着缺少生机的田畴，夜静更深时，还在怀念曾经亮灯的夜晚。

门前的那个用纱网围成的菜地，被风吹倒的院门软绵绵的爬不起身，衣着褴褛的纱网颓唐地跌坐在地上，在空闲的菜地上成了多余的存在。

太阳攀到树梢，零星的炊烟就像老年人蹒跚的步履，有气无力地维系着村庄里的烟火。

青壮年人是顺着村西的那条土路走出家门的，或汽车或火车，去远方出卖自己的力气。

饱受思念之苦的村庄日渐消瘦，没有欢声笑语的滋润，没有男耕女织的陪伴，没有鸡鸣犬吠的纷扰，村庄是寂寞而焦虑的。

守着村庄的是一些迈步艰难的老弱病残者，还有就是正在念书的孙辈重孙辈。

一辆断了链条的破旧自行车歪靠在土墙边,安西村也像是断了链条,斜靠在田野边,歪着头打着瞌睡。

疼痛的草药

太阳很紧地照着大地,一帮人挎上竹篮,拖着铁锹去河岸坝边、田间地头采挖草药。

说是草药,其实,它们只不过是最为平常的野花野草,世世代代在大地上繁衍,被牛啃,被脚踩,想不到多年后的今天,突然间有了身价。

蒲公英、柴胡、丁壮草、金银花……多像邻家孩子的名字,浑身散发出泥土的气息。

上学的路途,我天天和它们打着照面,却不曾采下一枝一叶,更不知这貌不惊人的花草能派上治病的大用场。随便去山岗上走一遭,就能挖回满满一竹篮,晒干后竟能换回钞票。

一时间,一条条田埂,被一锹锹挖得千疮百孔,就连田里的庄稼也不忍心看下去,借着风力悄悄地背过脸去。

即便是地上铺了火,野外总有挖草药的锹剖开土壤的胸膛,取走叫作草药的根、茎、叶。那些被斩断的根躲在土的深层,为自己的家族遭受满门抄斩而痛心疾首。

被金钱祸害的,又何止草药这一种。

记忆与抒情（四章）

■ 右手江南

秋天的高粱地

去秋天的高粱地看一看祖母。她和祖父终于又躺在了一起。秋天的高粱地，高粱抽出了火一样的穗子。祖母如果活着，她一定在地里顶着秋阳锄着地里的这些杂草，白毛巾扎住白发，瘦小的身躯倔强地和杂草做着不知疲倦的抗争。

如今，她和祖父恩爱地躺在了一起。杂草爬满了坟头，我却不想拔去它们。让杂草陪一陪她老人家吧，杂草比我懂得一个老人的心思，生前在她的生活中与她相伴，去世了，它们还是那么执着地在她身边默默地守护。

我跪在了这座新鲜的坟茔前。祖母啊，我亲爱的祖母，我的三叩首，但愿你九泉之下能有感知。孙儿想你啊，想念你，想念你的日子里只能一遍又一遍在梦中，躺在你的怀里，听你讲那些古老的往事。

去秋天的高粱地看一看祖母。太阳落山了，我却不想离去，我的脚印仿佛在高粱地里扎下了根。真想就这样，做一株尽孝的高粱，在秋风中，在暮色里，随着夜沉沉地落入更深的夜里，不再醒来。

看一看故乡

我只想再回头看一看故乡。看一看熟悉的炊烟、老屋，以及挥手的父母。看一看断流的小河，高粱地里飞起的鹧鸪。看一看一只乌鸦蹲在桑树上，发出暗哑的鸣叫。我只想再回头看一看故乡。看一看褪色的人世的光芒，光芒中静默的麦秸垛，伏在麦场上宛如冷抒情的歌手，唱着一曲熟悉的乡土民谣，唱着唱着，我的泪水，就这么，轻轻地夺眶而出。

我只想再回头看一看故乡。看一看一朵白云就这么轻盈地把思念送上了瓦蓝瓦蓝的天空。高过远方的思念和离乡的回忆。还需要，把一捧黄土装在口袋里，还需要把乡音在行囊中抽出，还需要再说上最后的话：爹，娘，你们回吧，回吧，我走了……

我只想再回头看一看故乡。再回头，看一看故乡，看一看再也找不回来的童年，看一看黑白照片般的老树、野草、野花。看一看泪眼模糊的村庄，看一看那片丰收的土地，土地下埋葬的，我深深眷恋的亲人……

抒情的风

抒情的风就这么静静地吹。支棱着耳朵的老黄牛原地打着转,大伯总会在老榆树下拉起他心爱的二胡,如泣如诉。抒情的风就这么静静地吹,吹过玉米地,吹向远方的湖泊飞扬的花絮,攥在阳光的手上。故乡,就在幸福与惆怅中,变得光明与亲切……

抒情的风就这么静静地吹。倚着木门的妹妹放假了,桌上的暑假作业,一支笔静静地躺在书页里,谁的心事比夜晚的星星明亮,躺在竹席上的小弟弟,你还在唱那首学校里新学的儿歌?抒情的风就这么静静地吹,月亮挽着星星的手,把夜送来了。就让河流在月光下,再一次流到我的窗下吧,就让河里的鲫鱼,再一次逆流到远方的山岗。就让这不眠的风,把清凉的露珠送到豆叶的怀里。把遥远的星光装进祖父的烟袋杆里,把儿子的思念一遍又一遍,写进泛黄的家信。让风,送到故乡,送到父亲的床头。抒情的风就让它这么静静地吹……

寂静的夏夜

寂静的夏夜,寂静的村庄。

村子里的人,静静地坐在麦场上看一部老电影讲述逝去的旧时光。谁也不想打扰夏夜的寂静,不想打扰彼此内心镌刻的心事。星光落满河面,月光照在山岗。隐隐的河流,静静地流淌着岁月的沉静。那些闪烁着泪光的眼睛,那些眼睛里不曾消逝的温暖,像一滴露珠点亮了一个人，一颗心的感恩与善良。

寂静的夏夜，寂静的土地。

萤火虫在空中闪耀着卑微的光。乡村公路向远方伸展，更远的远方，一些人打起行囊，离家远行。他们脚步急促，却不想扰乱夜的宁静。温润的光，残存在故乡的额头，少女们在电影中找寻着浪漫，老人们在电影中回忆着过去。

我看见，乡村的和谐与美。

在一颗心和另一颗心间回荡。宛如昆虫的鸣叫，挣扎着寂静的欲望。

悲歌,英雄始终屹立(组章)

■ 刘向民

屹 立

一棵树,屹立着。
在一座山顶之上。只有这一棵树,孑立。
风劲吹,雪劲飘,雨劲下,树一直倾斜着,
却依然屹立着。坚持,守住。
英雄的气概。

磨难。苦难。总是不停地降临,
风折断了枝丫,树干和根依然坚持着。

雨淹没了枝丫,雾笼罩了所有的叶子,依然坚持着。

雪,一层又一层,寒冷将一片又一片叶子冻僵,依然坚持着。

坚持着,等待一缕阳光照耀,

一缕春风刮过来,张扬一树青春。

之后,灿烂的花朵,灿烂了一个春天。

依然坚持着。

英　雄

做一个英雄,或者不做英雄。

像西西弗斯,推着石头,无休止地。

这是英雄?

父亲,却是挥舞着铁质的锄头,一下,一下,

又一下,从日出一直到日落。汗流浃背,黝黑的脊背。

一直跟随着太阳。

持烛者

空空洞洞。茫然。是失望的时候?

无声的夜空,默然。焦灼。已经不是一场缠绵的梦。

走向何方?

坚硬的石头,僵持着,被青苔覆盖。密不透风。蝙蝠的翅膀掀动着,

一只幽灵。

一条河流不知所向。

却是远方,一豆的烛光,穿过寂寥照耀着无奈。远远地。
我不愿那烛光被风吹灭。
不能让持烛者跌倒,跌落光明。

埙

土地无语。出自泥土的埙,
吹响,大地的声音随风飘洒。

泥土不动声色,沉默着。声音却隐藏在埙中,是一只虫子在远眺鸣叫?是一头豹子吼出内心的激昂?埙心中隐藏着秘密?

岁月,在老人混浊的眼睛里沉淀,埙的声音高昂,短促,是曾经的雄心吗?

劲风劲吹,或苍凉,原野呕咽;或浑厚,时光闪耀着粮食一样的质朴。埙,吟唱,始终游荡着,一点点透出所隐藏的秘密。

秋天的黄昏。背向夕阳,拉长时光。吹响快乐、凄凉、恍惚、不安和焦躁,泛起一地又一地虫鸣。我一直在思考。

这是一地又一地乡愁吗?埙的低吟,能唤回漂泊的浮躁吗?

骨 头

咔嚓。一声轻轻地响。隐隐的声音,在体内隐隐地响起。

一根骨头断裂了，白森森的，血涌出来，沿着骨缝流淌。在一副沉沉的重担下，不堪重负。

一阵阵疼痛剧烈地扩散，在皮肤下扩散，在血管里扩散，疼痛遍及全身，凝成额头的冷汗，一滴一滴的沿着面颊滑落。疼痛的意念，充沛着天空。

多少年后，在一撮陈旧的泥土里，我翻出了这根骨头，断裂的痕迹已经陈旧，伤痕憔悴，却一直疼痛着，渐渐地愈合。

这根断裂的骨头，伤痕仍在，疼痛仍在，仍然在泥土里静静地卧着，在太阳下发出耀眼的光芒。

这不是一段无可言状的虚构。

黎　明

我的头颅之上，闪出一道光明，在黎明时分穿过一道山岭，逼退黑暗。

我一直把自己隐藏在黑暗里，秋风穿过星光，击落漂浮的时光和一些秋虫。

摇摆的意念，始终在黑夜里延伸着孤独。我孤独一人。

我暗恋过的，以至于曾经热爱过的，都不知去向。曾经的真实也不知隐藏在何处，永不显露。只有沉默。沉默在一阵风之后。

却在今天，我才知道，黎明时分，会有光明吞噬黑暗。

一尊金狮，怒吼着金色的灿烂。

青砖，蔓延着时光

午后的阳光，耀眼。

穿过天空，直照着这一堵青砖墙。

黯淡。凹凸。青苔。阳光透视着岁月的经历。一株小草斜出墙缝，开出灿烂的花朵，与历史的事物相映。

我相信经历，我信仰经历。这陈旧的青砖，经历过风雨，经历过雷电击打，经历过烈火灼烧。也许已经五百年，也许已经一千年，那些唐朝宋朝的日子，就镌刻在这上面。

这么多年了，只留下静静地等，静静地待，当年的名声与功利，以及华丽的张扬都归于黯淡和没落，归于尘埃，烟灭灰飞。不论怎样，却会有一株小草和一朵花，悄悄渲染着往日的气息。

我相信沧桑。每一个日子，阳光都会如潮而至，照耀着青砖，由表及里，一次又一次堆起温暖，

不单单是青砖在执着坚守，默默地坚守到今天。一粒又一粒久远的种子也坚守着信念，涌起一次又一次激情，开放花朵，永远徜徉着幸福，存在于历史的时刻。

人心思古，或许会有悲伤，也会有疼痛。

附庸风雅（组章）

■ 白麟

终 南

终南何有？有条有梅。
君子至止，锦衣狐裘。
颜如渥丹，其君也哉。

——《诗经·国风》

崖畔有几坨醉红……

那是嘴馋的枫树、栎树们，趁你坐卧不宁的当儿，偷喝了几口还没开封的女儿红！

别着急，路边的一叶楸还绿得很呢。你的心上人正沿着秋高，拾级而上……

你渴望情郎歇脚时就站在山前，一眼眼被满山的秋波灌醉……
然后，不经意转身，瞅见你这位在苍苍蒹葭中吟诵白露的女子。
他的脸色真有渥丹那么红润吗？
就像《诗经》里写的那样？还是初相遇时，心思一下子就在脸上泄密？
都隔了三千年啦，这需要仔细推敲。

从候鸟单薄的翅下，我嗅到故乡年代久远的爱情；
在终南捷径上，掠过一个游子的背影……

那伤透水的红叶，该不会是你伤心欲绝的遗情书吧！

绸　缪

绸缪束薪，三星在天。
今夕何夕，见此良人。
子兮子兮，如此良人何？
——《诗经·国风》

在长安城里，哪能见到这么清新、繁茂的星光呀！像少女的眼睛又大又明亮……

敢情银河躲在这山顶养鱼呢——快瞧，它们从夜里探出头不停张望，偶尔还吹几颗流星的金色水泡……

是想给谁，捎什么话吗？

在外混迹了大半辈子，也只有在故乡，才见过这么亲昵的星群——

恍若河坝里的银鱼游过来，甚至看得清它们扑闪着的小身子……

难道这些年在村野飘逝的萤火虫，都飞到天上去了吗？

走在这星光散淡的山道，我愿意用眼底最后一星余光，为你照亮；

不用牵手，却依然可以并肩崎岖……

是啊，今夕何夕？让你我在这寂静的山坳，不期而遇。

三星高照，仿佛当年你深情的回眸……只是，昨夜错过了彼此的呼吸！

那就抬头望一望空中花园吧——

星星草鲜嫩得伸手就能掐下来……

晨 风

鴥彼晨风,郁彼北林。
未见君子,忧心钦钦。
如何如何,忘我实多!

——《诗经·国风》

抛下为你守夜的星宿,不辞而别。

晨风中的一只鸟雀,从《诗经》沾满露水的枝头惊飞!不知是要送行,还是想追寻?然后箭一般疾驰而去……

要在古代,你肯定骑马下山,顺便让马尾扫落最后几颗、还挂在黎明的相思果。

这样 你以为就可以无牵无挂地走了吗?

风越来越利落,剥去草木的青衣。

它要赶在你离开之前,用青苔或黄叶,铺满山道的每一个台阶……

既然执意要走,那就披上为你备好的晨曦吧——

只留下一壶山水、一碟菊香,与我共度重阳!

让一只留守翠华的秋蝉,痛饮朝露和凉风。

最后在忘忧草的怀里，赶赴来生……

蒹 葭

蒹葭苍苍，白露为霜；
所谓伊人，在水一方。
　　　　　　——《诗经·国风》

那些芦苇、蜗居在城市的芦苇——和瘦骨嶙峋的水一起，被挤在逼仄的河床；

蒹葭，只是她早年的官名，很像诗经里一位窈窕淑女的芳名……

曾经的渭水多么宽阔，国史上的第一条天然大运河，结成了秦晋之好，孕育了周秦汉唐；它更像一支羽箭，张弓东射，让秦所向披靡，一统天下！

蒹葭苍苍——河道里留下多少舟船的足印、白帆的水眸，送别的白帕、远征的遗言……

那雪白的芦花，不就是紧贴河面追魂的鸟群么？不就是随王朝、船队一起远去的帆影么？

只剩这些芦花、被遗落的凤冠霞帔，每每在深秋，倾吐对伊人的思念；

这些伊人呐、单薄的梦中佳人，只饮白露夕光，仿佛短促欢鸣的秋蝉，等待她的总是空空的壳蜕；

而河道外欲火中烧的城市，自然需要几枝蒹葭的道具装点浪漫，甚至借新建的亭台楼榭，营造古典水韵；

其实他们不需要如此诗意的植物，他们想避开蒹葭的掩映，挖空心思地寻找出路，以通向世俗的荣华！

蒹葭，亭亭玉立的——是风雅的遗存，是白衣飘飘的年代的怀恋。燕雀偶落枝头，似在喟叹往昔的舟车连营、还是啁啾残留的风花雪月……

千年古渡，不见船骸。
只剩洁白的芦花让我浮想联翩：
飘逝的爱情？沉沦的思想？朝圣的灵魂？
蒹葭苍苍，在这灯火都市，白露为霜……

见南山

> 采菊东篱下，悠然见南山。
> 山气日夕佳，飞鸟相与还。
> ——陶渊明《饮酒·其五》

下午一两点，暖阳在头顶变换镜头，将归隐的时光一一呈现：落霞一片片变成绯红的栎叶，而白菊又一朵朵开出半天云彩……

我们就坐在一座山的对面，看太阳圆硕的电影机头，不间断地放映风光大片。

只是十里长的宽银幕,让人有点目不暇接!

到后来,斜阳将我们的背影投射到对面的山上,那些挤在一起晒暖暖的草木,印证着我们的前世……

倒是飞上苦木的喜鹊,正不慌不忙,将短促的爱情鸣唱。

还有跌出遮幅式的那只迟迟不肯归去的野鸭,一边拨弄满湖潋滟,一边听赏水韵悠扬的南山小调……

好一幅天成的江山图,就这样被山色,洇染得翰墨飘香!

天籁（外一章）

■ 詹文格

一片天籁，那是音乐的起源，所以音乐没有国界；哭泣与欢笑那是音乐的母体，所以音乐才能成为灵魂的家园。

艰难跋涉之后来到长江、黄河的源头，惊奇地发现养育中华民族的滔滔江河，它的源头竟是如此的不动声色，含蓄中透着令人震撼的肃穆，没有丝毫的张狂和得意。

雪山之下，无数条纤细的溪流冲破坚冰和巉岩的层层阻挡，坚韧而又执着地向着同一个方向冲击，它告诉我们生命的起源蕴藏着不尽的艰难，浩瀚的梦想孕育于弱小。你很难想象，正是这种不动声色而又底气十足的力量，衍生了下游的雄浑和壮阔。

溯源一路走来，可以目睹一条大江的成长过程，为了一个共同的向往，无数滴小水珠左冲右突，绕过种种善意的挽留和强硬的阻挡，结伴同行，最终汇成浩浩江水，滚滚波涛，一路高歌，一路咆哮，势不可挡。

　　水越过三峡大坝，水跌入黄河壶口，悬挂成惊心动魄的瀑布。那种感天动地的天籁之音，那种写意的人生，喷射的激情，就是抚慰灵魂的绝世圣乐。这种场面也许只有音乐才能准确而又传神地演绎它磅礴的气势，传递出如此壮丽的自然情怀。波浪中听到了《黄河大合唱》永恒旋律。

　　嗷嗷大哭的婴儿，在母亲的摇篮曲中安然地睡去，婴儿听懂了母性的音乐。小时候对唢呐有着复杂的感受，村里死了人请乐师吹唢呐；出嫁娶亲也请乐师吹唢呐，面对鼓着腮帮，吹得脸红脖子粗的乐师和尺许见长的木管铜喇叭玩意儿如视怪物，它的悲喜交集，万千变化令人匪夷所思。同样是这个人，同样是这把唢呐，怎么就完全不一样呢？

　　随着阅历增长，终于知晓这就是音乐的魅力。在音乐的诱导下，它让你喜则开颜，怒则冲冠，悲则号啕，恐则毫毛直立。

　　音乐是一种神灵之声，它既具体又抽象，既无形又有形，其变幻有如泰山日出，大漠孤烟，庐山云雾，甘肃鸣沙山。它有时无处不在，有时又踪影全无；有时风骤雨急；有时古井无波，暗香深藏。也许它原本就是高山流水，鸟语花香，江河行地，日月经天；也许它原本就马蹄得得，雨打芭蕉；就是树声、风声、水声，鸟声。

　　一片天籁，所以音乐才能与禅意相通，梵音袅袅，见山是山，见水是水。

　　陕北信天游、西南情歌如醉人的美酒，经典的阿炳如幽远的深潭，凡俗的耳朵无声惊叹，音乐如此准确而又传神地诠释一个民族的个性，破译乡音的密码，跨越疆界，淋漓尽致地来表达和抒情。放纵的、含蓄的、婉转的、咏叹的、悲凄的都如热血一般在你的心底流淌，在这个世界中,除了音乐还有什么东西能有如此神奇而又巨大的力量?

情往深处的时候,对音乐唯有感恩,当经历苦难时我们会感觉,音乐是对人生的最大补偿,它能幻化成仙女的玉指,轻抚你的伤口。音乐是可托付灵魂的地方。

风是世间另一种语言

无拘无束的风,以千变万化的形态纵情于山野田畴,有时欢歌笑语,有时狂吼怒骂,有时窃窃私语,有时耳鬓厮磨。和风细雨是风在相夫教子;一路呼啸是风在追赶劲敌。

多变的风有无数张面孔,春天,它唤醒大地,让草木吐绿,使种子发芽。夏天,风伸出柔软的手掌,在沉甸甸的谷穗间抚摸,荡漾的波纹下能看见风勾起秀气的兰花指,轻佻含笑,悠然晃荡,让饱满的谷穗在阳光下伸着懒腰。秋天,金色的风不知疲倦地将田野山川在蓝天下摇醉,无数的醉汉便踩着风的韵律,在天地间纵情摇摆。风伴着农人黝黑的脊背一起一伏,让埋头看路的老牛脑袋高昂,步态微醺,踏着它翻耕过的稻田、麦垄、棉田、玉米地、甘蔗园、青稞土向前疾奔。冬天,朔风狂啸,寒流滚滚,漫山遍野,白雪皑皑,一卷素笺如诗如画。

浪荡不羁的风像无处不在的旅行家,不知疲倦,从北向南,自东往西,谁也没有能力把风长久地困住,也无法知晓风下一步安排。风是无法被束缚的精灵,它从不轻信挽留。自由是风的天性,面向前方不管陷入怎样的境地,风都会义无反顾地去穿越。就算把自己撕得粉身碎骨,它也毫无怨言,在所不惜。

无形的风借助别人的肢体来展示自己的形象,利用它物的参照来表现自己的意志。性情温柔时,风过无痕,没有感觉;脾气暴躁时,雷霆万钧,气势汹汹。破坏性极强的风有时也会把自己弄伤,可风从不让人看见它的伤口,风弥合伤口的速度如闪电般迅疾,迅疾得天衣无缝,不留痕迹。

四处游荡的习性注定了风的命运,即使伤痕累累,它也从不止步停留。吼叫不止的风最怕面对虚无的旷野,那里空无一物,找不到较量的对手。隔空使力,见招拆招,消解了风的狂妄。

动感的风必须奔跑,奔跑是它的使命,稍有停顿就会面临死亡,一直向前才是它生命的形态。透过风的宿命,可以无限联想,所有的生命从诞生的那一刻开始,就已注定再也无法止步回头。无论是奋斗不息,还是醉生梦死,生命并不会耽搁一分一秒。永远向前推进,朝衰老和死亡逼近。

风不停推搡挤压,是怂恿者给了它不尽的生命和活力,只有勇往直前,才能证明风的不屈姿态。该奔跑就奔跑,该漫步就漫步,冲锋时肆无忌惮,停顿时无声无息,它是规则的破坏者,是形体封闭的拯救狂。

天然的差异造就不同形态的风。风是否能承载思想?是否会沦为行尸走肉的化身?风并非空洞无物,风头、风声、风波、风气、风格、风尚、风范,那是风的骨头。

风是责任的使者,它伴随农历的日脚。看似一个浪漫的呼哨,它将毛茸茸的蒲公英种子送到了田野洼垄。在植物王国里,风像一个左右摇摆的媒婆,让父本与母本的花穗纵情狂吻,昼夜缠绵,是风让它们结下了爱的果实。

没有风的推动,世界将沉闷孤寂,静止不动,我们再也看不到四季轮换，看不到五彩缤纷。安静时，我们听一听风的语言。良好的生态，会让风变得心情愉快，只有爱护每一棵树，尊重每一株草，风才会保持柔和的脾气。只有把风伺候好了，它才不会面目狰狞，在风口里长出獠牙，成为攻击人类的武器；才不会助纣为虐，沦为飓风、海啸、沙尘暴、泥石流的帮凶。

火车，我的远方（外一章）

■ 纪洪平

我走进候车大厅里，立即被各种方向不明的旅客弄昏了头。刚才在入口验明的身份证，证明了我真实存在，火车票也确认了方向，但我还是陷入一种莫名恍惚的状态，不知要离开的是故乡还是异乡？仿佛每个车站，都似曾相识，只有远方在不动声色地等待。

为了让一颗心安静下来，我迅速找到一个座位，然后打开时间，品味一分一秒的寂寞。如果时间能像胶皮糖，随意抻长或者捏短，那一定是人世间最甜美的东西。可这个时候，时间显得格外坚硬，没有一丝一毫妥协的意思，我只好把百无聊赖的目光，放在一个女孩儿的身上。她不是特别的美，她只是格外的沉静。焦躁不安的情绪到处在泛滥，广播喇叭一直提醒旅客及时检票，电子大屏上，不断闪烁变幻的车次，一批又一批旅客骤然聚集在不同的站台口。一些急匆匆的身影，犹如展开的巨大翅膀，不时从身边飞过，恨不得给时间拔下一根毛来。而她，似一座雕像，挺直了身子依然一动不动。

她很年轻，怎么就这样有定力呢？原来，她穿的白衬衫很白，不能跟任何人擦碰，另外，她的头型很漂亮，很精心盘起来的，随便乱动就可能散乱，再看，她的目光清澈，没有被周围的纷乱污染……她是回家，还是去远方？家里有父母的等待，还是情人的期盼？远方有一个绚烂的梦想，还是一个触手可及的工作？一切都不用太过担心，这样稳重的女孩儿，会把自己放在一个非常合适的角度，让苛刻的时间随便挑剔，然后平安地走过岁月……

她安之若素，我的思绪乱云飞渡。

车上的家国大事

跟陌生人交流，最大的特点是放松。在这个氛围下，谈话的内容很斑驳，也很零碎，有时非常重大的话题也能一跳而过。

从一节车厢到另一节车厢，中间隔着很多陌生的面孔，隔着很多藏在内心深处的事儿，也仿佛隔着一个缤纷的世界。每次上厕所，都要经过这些面孔、这些心事儿，和一个随着钢轨前行、不断动荡迟疑的世界。

所有人都被时间俘虏，乖乖坐在自己狭窄的位置上。窗外的风景一掠而过，任何话头都可能被憋挤出来，一旦扯出来就会与时间对抗，为了增加对抗力量。国家大事最先展开争论，你一言我一语，都有点气吞山河的意思，好像只有自己的观点才能实现国富民强，可慢慢就发现，自信原来也是匹夫之勇。然后话题一点点缩小，最后谈到各自的工资，或者退休金，心里再盘算一下幸福指数。不知不觉又谈到目的地的风土人情，如果这时候能有几个妇人接过话茬儿，时间依然还会被压制，直到火车筋疲力尽赶到另一个城市。

　　短暂的停留，很快会让人们的精神为之一振，再大的事儿也只能戛然而止，有些人欢天喜地下车了，又有一批陌生的面孔捅进车厢来，列车里始终保持着人与人的距离。很多鲜为人知的故事，就这样七嘴八舌，传到了远方。

隐去的颜容（六章）

■ 文榕

悠悠远山

南山的远如一片棕榈树，披着明净的蓝天，你是树下挺立的果子，迎着秋风摇摆。

那日你和我行走的步履是悠然的，随着乡郊的节拍。说乡郊也不尽然，我们也途经灯红酒绿，拾起城市遗落的哨音。

不觉到了那熟识的公园，以往散落叹息的所在，也曾并坐交换眼神，往日的落寞都托付给新绽的菊花，秋风里绽放一地艳丽。

来来回回城镇的足音被我们放牧得潺缓，溪流般溶入小河。华灯初上的风景嵌入人影，成双的是脚步，还有彼落此起的心声。

南山的远远如一片棕榈树，在你传给我的相片中款摆，你是树下挺立的果子，依着明净的蓝天，迎风送来一段佳话。

蓝雾缦绕

思念是初春的脚印，歪歪斜斜向前走，雾一样飘过一个季节。

山边蓝色的雾又氤氲谁的足音？

此际我一而再地在深宵贴近故事的旋律，于浓雾的湖边却看不清方向。

月迷津渡，笼罩着我的渴想，我不希望雾的飘散，唯能将生活的线索聚拢成朦胧的画面，于我是欣喜的，崭新的景观。

蓝色烟岚，落在我心头，只奉上现实的一抹柔软和惬意，使我轻悠地不必挣扎。

留一点朦胧，无论明天的阳光怎样普照大地，披上仅有的浪漫丝巾，缥缈两个时节。

而待你走近，我仍会带你来这淡淡的雾中。那时，我们的坐姿将化成两座山脉，黎明我们对歌时，山谷将回荡着久久的和声……

春风轻剪心绪

当我沿着榕树交织的华盖拾级而上时，浮漾你熟悉的微笑，而我将思绪放牧于海边灯影里时，你抱拥的暖意历历如昨。

可捡拾的是欢欣的话语，能重温的是诚挚的嗓音。

往昔岁月的斑斓并不是一瞬，它是我们共同携起的思忆和灵悟，遇逢远见，迈向明天已然的共识……

离开海滨，我的心绪仍被春风轻剪，随着树影的节奏摇曳。

恍然了悟，你在近处和远方都一样，就似近处有树木的音调和清醇气息，远方有云歇息的步履。仿如春天，一半的花开是为了渴念的飘洒，另一半是为邂逅灿烂的曾经……

醒着的画卷

白鸟飞来的时候，秋天也来了，带着纯洁的羽翅，你的梦，掠过橙红翠绿的世界。

等待已是一汪宁静的水，交缠着水草舒放的暗流。时光飘来，似一阵风，静止在这潭碧绿中。

我在茂密的树林后猜测着秋天的梦境，白鸟是翩翩的信使，让我确信秋天也怀抱春的气息。

在岁月匆匆幻变的尘世，一瞬仙境的闪现已是恩典。我们在这天地共融，魂魄交织，不再遗憾。

能淌得更远的是时间，唯有这空间停驻，而当时光之河悄然绕近时，秋天是一幅醒着的画卷……

隐去的颜容

多久了，没走入那纯粹的世界，那纯粹的山，纯粹的水，纯粹的云，纯净甜美的空气。

那个桃花源，仿佛于我的意识之上，安放着清洌的泉水，那比故乡更悠远的,恰似天外一抹明净的浅黛。

午后,在淡淡青山后,隐去的颜容盛载着似有若无的泪水,细雨是往昔的眷恋,往日的情怀,恰似蓝田暖玉,生发的是此生无尽的缅想。

我在那个世界驻留,舒放我的渴望,品尝泉水的清甜。我再次拉起你的手,只与青山为邻,浅笑的背后是缓缓远行的河流……

每个故乡都隐约着一坐青山,每坐青山都笼罩蒙蒙细雨,每丝细雨都漾着微甜,宛如我梦想的夙念,自始至终,都是淡淡青山后隐去的颜容。

月光下的女神

■ 马亭华

一

彩霞在天涯舞蹈。这独舞的黄昏，蟋蟀有了近乎凄冷的唱词。

我怀揣着祖国的忧伤，背负诗的虚名，浪迹天涯海角。春风吹暖了人心，春风为我剪下一段霞光作御寒的围脖。

故乡的云，像白发苍苍的母亲，守着村庄的眷恋。

一场小雨，有黄金的头颅，熠熠生辉的灯盏，美丽的象形文字，走在春风里的低语里，排列成平平仄仄的诗行。

芦苇，以宁静的舞姿打开一座远山。低矮的天空下，一两声鸟鸣，带走了远方的乡愁。一滴水在竹叶上滚动，滴落，风中似有祈祷之音。

一滴水，最终要回到自己的心坎上。

悲伤，不知所措。芦苇从来不会思想。

北方无名的小沛，却是大风的动词之乡。月亮高高升起，树叶像隐喻，启明星已消逝，比冬天更古老的是枯寂的大街，亭台楼阁，往事如烟，连同奔跑的石阶，只剩下冰冷的追问。

岁月里的清欢，你的笑，多么空寂，飘荡在风中，成为孤独的艺术。

秋天，透明的言辞，我站在山岗上，成为哲学前额的风，吹吧——

二

火车开走之后，身后的炊烟升起。

叫醒千山万水的，是阳光的雨。淡泊的日子，要一点点地过。

黄昏里，有奔马的铜铃声响过，让我停下来，坐在溪水做梦的地方，那些云彩，从头顶飘过，含着古老的神谕和清韵。

星星，把眼睛擦亮了，把灯光搓成了乡愁的绳线，你的笑，像一朵性感的小火焰，温暖着我的今生。

你明月的身体，丝绸一样顺滑，如果，你是一颗晶莹的泪滴，你还能活多久？即使你是我的小浪花，我也无法成为你的岛屿，你可以向我汹涌，我却只能对着明月灿烂。

爱你，以大海的名义，也不如以我小小肩膀的名义。

温柔就是力量，烈日不抵曙光。

三

远山的过客,远处的灯塔,春天的旗语,为你弯下腰身的才是爱情。

策马春风的少年,在奔跑的群山中间吹笛,让流水引领我们奔赴明天,如同体温、呼吸和心跳。那个举剑向月的少年正是我渐渐长大的儿子。

清淡的时光中,爱情不宜清醒,爱情似乎必须醉去。

篱笆没有围住白鹅,秋野上空是自由的跳舞的月亮,村庄多么寂静。

内心的大海多么辽阔,但记忆的秋天的河流,一步步走向星空,五里路的桃花就困住了我的双眸。如果天空下雨,那是爱情在追问,是一串串的省略号。

一枝玫瑰,一滴泪,盐或者其他……

四

所有的事物,都无法抵挡秋天。

九月辞行悲鸣。云朵的秘密,剥离了时间。好时光,就是一起幸福的破碎。

曾经有一个女子从远方来,她是小天使,静止的蓝,从头顶滴落的月光,到她清澈的眼眸,水仙的手指,到她薄荷的发香,到她水蛇的细腰。

她为一首诗流浪，低垂的火焰，借着月光，呈现出隔世之感。

那些田野中细碎的嗓音，那些前世的云朵，秋末的黄昏。一棵树，在宁静中呼吸，花喜鹊在故乡的枝头自信地鸣啼。

一颗心，顿时辽阔了起来。

那些沉甸甸的稻穗，在风中晃着，在闪电的瞬间。

心中想着远方，那在寂静中第一个醒来的人，一定是才华横溢的诗人。

远眺澄明的宁静，失散的光阴，你的歌舞是另外一种身体的语言，在秋天的怀想中，在风暴的中心，在世界上最小的信念里。

五

倒映的天空，闪过了飞鸟。

黄昏中的垂钓者，积极向上的向日葵，乡村屋檐下的红灯笼，那些一点点西斜的影子。

风的时间，金色的秋天，身体里的琴声。缠绕的鸟鸣，让人晕眩，恍如时光倒流，仿佛云层里裹挟的幸福的闪电。

那些遥远的梦境，尘埃，和未来。

想象，这时间里的盐。

让我们陶醉不已的钟声，随稻花一路黄去，那些静卧的铁轨，一次次想念远方。

"远方，除了遥远一无所有。"

我的大风，我的村庄，我读着你的七部书，接受冰雹和闪电，张开双臂,承接虚无的光芒。

把秘密交给树叶,所有的星宿,都在期待明月。

六

一列火车低吼着,像磁性的男低音,穿过尘封的岁月。

思念的火把,心灵在歌唱,到处是月光的痕迹。那些空空的房子,战栗中的美。

绚丽的箫声,被鸟衔走的新绿,在贫穷里居住和老去的身影。

归来吧,思乡者。暮秋的风,撕开心灵的鼓面,皲裂的曲谱,被夜晚的闪电拉紧的弓箭。

这黎明中的青铜,闪现,古老的遗址。

时光的倒影,嫣然一笑的晚霞。你托着月亮的袍子,在修远之间,染红大风中勇士的鲜血,发出深沉的回声。

马,陷在青铜里,不能自拔,深一脚,浅一脚,那是人间起伏的歌。

大风在赶路,拨开内心的浮云,花朵的香,风的情话。

炊烟暖了,你是我掌心的绿洲。

七

如果,温柔能让一把刀变软,软成一条绵绵的河流。十厘米,是不是恋人的距离;两座孤独的城市,是不是两个不相干的人生。

这注定是一场精神的大雪,仰望,也触摸不到的星辰。

古老的月光啊,你像一盏老式的台灯,等着黄昏,那一段苦涩的时光。

你在等谁,那个采茶的女子弹奏着时光,盛满尖尖的嫩叶儿,这些新茶注定要摘给心上人喝才美。想到这里,你的脸上像是染红了的彤云。

你站起身来,风吹着你的蓝头巾,风吹着你的连衣裙,有着震慑人心的美。

我要看着你,从前到后,从早到晚。我多想像山下的阿哥一样,背着鲜亮的背篓,为爱,送一封十万火急的鸡毛信给你。

流云淡淡,像是被风惊飞的羽毛。

把山路当作琴键,你走过的脚步声,将在空谷中回荡一生。

八

小小的风暴,在你走后,世界留下诸多空白。

在时间和空间的交织中,那些暧昧的笑意,在天上飞,云里跑的秋天。那些深深的疲惫和孤单,在宁静的黄昏里练习松弛。

在石榴花开成彤云的时候,那些嫣然一笑的愧疚,久久让人不能释怀。兰草的韵律,梦幻的影像,啊霞光。

一滴水,都可以将我带入空旷。那些细绵的,巨大的遥远的回声。

春雷似雪,亲爱的,这一切正如你所愿。

爱的手册

蒋崇杰

一

当风与树叶,当流水与河岸,当落日与孤烟,当寥落的夜幕与皎洁的月光……唱起那支相恋的歌,

我与你不期而遇。

柳叶般的腰际,是恰到好处的一握,平滑的额头,斑驳着一记吻痕。

驿动的心是一条色彩斑斓的长河,起伏跌宕。

二

手指轻触——

冰冻的小河一点一点变软,龟裂的土地瞬间潮湿,旧枝吐新——多情的鬓角、含笑的眸子、湿润的唇,顿时活络起来。天然的璞玉,从核心开始的萌动,向着掌心伸出细细密密的纹线。

看一眼,只一眼,十指缓缓地生长出洁白的绒绒的芽尖。

三

醉了。第一次触碰你的身影,眼神醉了。只见满山小树儿的脑袋东倒西歪,只见小溪摇晃着腰身向山顶游去,只见朵朵白云欲飘欲散又紧紧拥聚。

醉了。第一次握住你温润如玉的掌心,手掌醉了——这支拿笔的手再也写不成一个字,每一根指尖都生长出一张开合的巧嘴,絮絮叨叨复叨叨又絮絮,喔紧闪动的睫毛。

四

妩媚绽放是花的愿望,接近蓝天是小草的愿望,春绿秋黄是树的愿望,我的愿望是与你日出而作、日落而息。

河流的理想是大海,山川的理想是连绵,蓝天的理想是白云放牧,我理想与你举案齐眉、红袖添香、静影沉璧。

五

　　心悸的初吻，像雨点一样密集，夹杂着狂风。像闪电一样疾驰，携带着雷鸣。像绿水一样清凉，荡漾着羞涩。像树木一样茂盛，青翠着缱绻。像灯光的眉睫，闪亮着夜色。像秋虫的呢喃，像霸气的手臂将温情的环绕……

　　吻你的笑，吻你的话，吻你的手心，吻你的眼神。缘定三生的磁场，禁不住一个吻的诱惑，俯下高贵的头颅。

六

　　一路风景唤伊人，袅袅柳枝似身影。伸手欲将腰身揽，欢歌笑语空留心。

　　那是一条与你一起走过的路。那是一朵与你一起嗅过的花。那是一道与你共赏过的飞流瀑布。

　　那是一个与你一起并肩远眺的小山头。今天，我重新一一来过，以重温记忆来噙住幸福。

七

　　切切的爱恋——不！有一种爱是忘记爱的存在。

　　做夏荷上蜻蜓的掠影，或是檐下燕巢中的一口黏黏的泥土，又或散落在案头卧成一枚墨香小楷，抑或飘荡成衣袖间一缕微风……

是的，忘记，任何的风景都不是刻意描绘出来的。河流静静地流淌，忘记血脉喷薄而出的声响。阳光尽情照耀、覆盖，忘记软雨柳絮飞飘的迷茫。

八

爱恋是化解不开的谜团。

春风是花开的钥匙，鸟鸣是绿色的天使，雪花是大地的胎衣，果实是雨水的孩子。

两颗心的善缘是苍天最神奇最温暖的布施？

九

手拉着手走过一条欢快的小溪。

清澈的溪水透明、柔软，摊晾在大大小小的卵石之上，伴着近近远远的树影。

渴望的火苗，晃动，流窜，灼热环扣的手指。

平静的山影，沉淀，坚固，温润干涸的指纹。

俯身捡起一块玉石，看了看，又放回水里。

十

今晚的月色醉了……

小院里的一串红嘟噜起唇角，含嗔带笑，拐角的鸡冠花跳起扇子舞，秋海棠吃下御寒酒而微醺，白兰依旧翘起她的兰花指数点星星，芦荟贴着面膜假寐，

只有含羞草枕着山茶花早已进入甜甜的梦乡……

同样醉了的还有小院旁池塘边的两颗相依相偎的小鹿般的心跳。任青苔漫上脚背，观蝌蚪以青蛙的形式跳跃，赏红鲤吮吸月色泛起的涟漪……

你看，夜色静好。

十一

与季节，春天最美。与世界，情意最真。

你说唯有真情能抵消身后的整整一个世界。

最简单的，往往是最奢华的。真心与厚情一脉相连。

还需要灼灼的语言吗，我的眼神噙住你闪亮的目光，你的嘴角蠕动我散发光辉的脸庞！

十二

　　如果你出行，我就在小窝里安静地等你。小窝里的每一片羽毛都是你依依的不舍，小窝里的每一缕微风都是你细细的叮咛，

　　小窝里的每一丝阳光都弥漫爱的气息。如果你累了，我会用阳光给你洗脚，我会用微风给你揉背，我会用羽毛给你铺被……

　　正如你脖子上的齿痕深刻地怀念牙齿，我在深深地深刻地想着你。

十三

　　循着你的足迹，贴紧你的身影，从朝钟到暮鼓，从月色到黎明。

　　有你，我临水结网；有你，我钻木取火；有你，我攥紧前世与今生——

　　跪伏成一棵蒿草，滴落成一珠晨露，让喧嚣的孤独拉起寂静的孤独，去流浪，流浪。

十四

　　不如去做顽石，粗犷而坚硬，心地不失温良柔滑与平和，纹理起伏自然流畅。像流水柔美，像侧峰俊朗独秀，像树叶脉络暗藏。

不如去做水草，舒展细腻，内质坚韧笃定，淡淡的妖娆柔美温馨。像静卧的小兽，像安详的流云，像十指相连的纤纤螺纹。

　　自然界虔诚的信徒，太阳下温良的子民。

青花瓷（外一章）

张建军

　　幽蓝幽蓝的古瓷，没有任何杂质，蓝得像一片故乡的湖水，像奶奶手里洗过的青蓝衣布。头戴斗笠的渔翁摇起的船桨，划出了细细长长的水痕，像一只蜡笔，在湖面青蓝色的画布上。

　　渔翁细细思维，慢慢放网，他的思绪纯洁得像一尾游动的白丝鱼。

　　旷野中一群一群的白鹭相互追逐，它们飞翔的翅膀起起落落，像湖水中轻轻漂荡起的一团团白烟云，上下翻飞着，汹涌着，飘忽着。栖落在芦蒿林，跌落进稻田里。

　　一丛一丛峻美的山峰如莲花青翠欲滴，蜿蜒盘旋地飞奔在远方的天际处，那是山的灵魂，在泼墨着苍穹，宇宙。

　　布谷鸟的歌声由远而近，清晰动听，有着音乐家抒情的抑扬顿挫和明媚婉转，还有着贴近泥土的古朴纯洁和真实直率，更和五月的槐花一样沁人心脾。

故乡水汪汪的稻田像儿时的一张张老唱片,黑黑的水牛旋转着唱针,将田野和落日一口口嚼碎。

只有采药的老和尚和顽皮的小童子隐逸在深秋的山野中。

月光在流淌

稻禾上飘荡着的月光。湖面上跳动着的月光。虫鸣和蛙鼓的声音里吹散着的月光。无时无刻不在我们心头,烙下时光奔跑之音,如一匹匹骏马奔过。

白色的云团和青青的雾岚慢慢地飘上了天空。松树下的影子斜斜地照射过来。漫过我低矮的窗帘。

今夜,月光在松树里像雪花一样冷冷地飘落。在窗外的草坡地和湖面上哗哗地拥挤。小时候,父亲指给我认识的北斗星在这时候出现了。奶奶给我讲的天河、牛郎织女星也在这时候出现了。还有那画着弧线飘扬的流星雨,一颗接着一颗地飞舞,又在黑夜里陨落。

我伸出双手,看见每一根指缝里月光在流淌。它们如一只只蝴蝶在纷飞。

还有故乡沉甸甸的稻田。也在旷野里陷落。

天堂下的布达拉宫

■ 刘贵高

一

在喧哗的市声之上。

布达拉宫耸立于人间与天堂的十字路口，像一块巨大的磁铁吸引着水流和人流。

这座世界上最高的纪念碑，神奇地屹立在接近天堂的位置，仿佛高悬的灯。

即使在遥远的距离以外，人们也投以仰视的目光。它以慷慨、仁慈和神圣穿透黑夜，抵达阳光不及的内心。

二

走进西藏,你会发现所有的道路都通向布达拉宫。沿途那些磕着长头转着经筒的藏民,

他们合拢的手掌永远指示着两个方向:天空和拉萨。

他们的表情中透露了布达拉宫的尊严,他们的脸上辉映着红墙的反光。比阳光更加炫目的布达拉宫,是天堂投射在人间的一个魔幻般的倒影!

而此刻,布达拉宫就在窗外,如时间一样永不消失。清晨的第一缕霞光倏然降临金顶,

那些来自天空的信号宛若播撒的福音浸润灵魂。

三

在布达拉宫里穿行的僧人,是神明与凡人之间的中介者,他们的语言如晶莹的法器,闪烁着天空的光泽。

布达拉宫始终如一地用绝无仅有的语种保持着与天堂的对话,这些玄奥的对语只有德行高尚的僧侣才能听懂。

而我们只是依稀感觉到这座无比巨大的石头经书中蕴藏的信息,像飘动的音韵,像悠扬的歌声,它容纳了西藏全部的精神和历史。

迈上宫殿的第一级台阶,就仿佛掀开了一本厚重经书的第一个页码。

四

　　我听到了早晨的声音。阳光如同天堂散落的佛珠，自金顶中央那只最高的宝瓶簌簌滚落，
　　在夜与昼的边界线上，落雨般密集地顺着金色歇山顶的沟槽蔓延。
　　我听到了阳光在宫墙上行走的嚓嚓声，由远及近，由模糊而清晰。红白两色的宫殿旋即明亮起来，如同老人在深夜里用酥油灯点亮的神话。

五

　　布达拉宫，这座举世瞩目的宫殿托举着西藏的梦想，那些逆光的剪影，生动了苍鹰的意象。
　　在空气稀薄的雪域高原，藏民们以额头叩击大地的声音有着特殊的韵律。
　　布达拉宫，这座给人以视觉冲击的宫殿，不仅是藏教的全部教义，它是在接近天堂的地方为沉闷的俗世生活开启的一扇天窗。

水天一涯

欧阳冰云

一

一条河流穿城而过。川流不息，不舍昼夜。

河水汤汤，流淌了千年。千年的孔城古镇，像一艘古老的木船。

河水深邃神秘，充满着灵气和希冀。风水焕然，世态安详。

一条河流，默默流淌了千年，河边浣洗的女子，早已关闭小木窗。

只有河水中的胭脂红，依然散发着芬芳。滋养着河岸的树木与花草。

孔城也因河流而危机四伏，今夜无眠。

二

　　河水漫过了堤坝，漫过了圩上的田园和房屋。

　　鸡鸭飞上了树梢。鱼儿游过窗棂。站在屋顶上，看见孔城河、万亩圩和菜子湖连成一片，浩浩汤汤汇入长江。

　　燥热和恐慌之后，是有序地撤离和救援。八方救援，双手温暖。今夜，把亲情在岸堤上重新点亮。蜡烛的光芒、手电筒的亮光，把茫茫的湖水照成星空。

　　把所有的危险都堵在沙袋筑成的堤上。

　　伏在一个士兵的背上，爬上岸堤；在一艘船上等待黎明；几百人聚在一个叫作九中的安置点，重新规划家园。

三

　　江湖水深。

　　所有的船只靠岸。所有的鱼虾不再圈养。

　　圩区的百姓撤离家园。

　　今夜，只能隔岸观火，湖水中心的村庄，浪头拍打着屋脊。只有几只夜莺，匆匆飞过，来不及看一眼故园的模样。

　　菜子湖畔，春天种下的向日葵，挣扎着露出了水面，朝着太阳升起的方向。看不清它的脸是哭还是笑。

四

几只白色的水鸟在狭窄的岸堤上闲庭散步。嘴巴尖长,羽翼丰满。在渔船靠拢前,它们敏捷聚集,飞翔更远的水域,寻觅鱼虾。它们有一个美丽的名字,叫鹈鹕。

几片散落的羽毛,在水面上飘零。半空中翅膀的痕迹,荡起阵阵涟漪。

鹈鹕,鹭鸶,老鹰,翠鸟,还有许多叫不上名字的鸟儿,姜范圩成了鸟的天堂。

五

天低云暗的夜晚,我们携手筑成人墙。双脚在水中浸得发白,任风浪在双肩上咆哮。

我们的亲人纷纷上岸,安置在新的家园。

决堤溃口的地方,有我们厚实的胸膛。当明天的太阳升起,鲜艳的红旗插在高高的坝堤上,闪耀着火红的光芒。

我们知道,泥巴包裹的军装是希望,更是责任。暴风雨的洗礼,是对我们的考验和检阅。此刻,我们心中只有保卫家园。此刻,我们心中只有人民百姓。

因为我们明白,人心铸就的钢铁长城,才是最坚固的堡垒。

六

夕阳的余晖洒在湖面上，散发着红晕，轻风拂面，几只水鸟贴着水面飞翔。

岸边的小木船，镶上了一层金边，仿佛是千年前那幅古画中的模样。

是谁在水底唱歌，音符伴着涟漪荡漾。是谁轻轻将河岸的水草抚摸。是谁捡起一根树枝，在沙堤上重新规划家园。

落日萧萧水一涯。

迁徙的情绪（组章）

■ 夏 寒

夏天，独自在蒙古高原

黄昏。
夕阳，斜倚着白桦林的木屋小憩。
一阵风，夹裹着沧桑，穿越凌乱的岁月。
广袤空荡的蒙古高原心事重重，我独自守望
蒙古高原，沉默不语。

月光弥散。旷野，在瞌睡。
一条河流，携着夕阳流进了落寞。

一片枯叶潜伏在木屋一角，那月光的柔情在听风，听雨窥探风景。

石头，躲在树的阴影里

一言不发。
虫鸣声，拽着弯月在草丛中隐退。
一些思绪载着乡愁，
一缕乡情在时光的沧桑中洒落了一个季节。

远山的夏夜，历经了多少风花雪月？
从远古到现在，揽一片苍茫入怀，
多少斗转星移，虔诚地匍匐在青青的草地上？

一棵树，根须里长满沉默。
枝头，挤进月光的斑驳。
晚风，舔着我的肌肤，为我的血液挠痒，挠出了绿浪滚滚。
窥探脚下遗失的情绪：七情六欲的种子，种植在脚下，等待雨露的滋润。
当我的脚步踏上了青云，是否可以找回七百六十年之后的这片绿地？

积雪融化的微笑

旷野的风,传唱乡间一些苦难的凝重。
炉火,冒起青烟。酒杯,溢满了今夜的情愫。
点点滴滴的故事,沾满了点点滴滴的酒味,在时光里发酵。
多少无眠的夜晚,横七竖八地卧成整个季节的渴望。
脚步忙乱,一座城市再也无法站稳脚跟。
孤独,沿着一条小路偷渡岁月。怎奈,沸腾的心来不及找回被遗忘的密码。

透过北风撕破的窗口

发现,丢失的秋天换上了防寒的冬装。
夜色,掩映的红润,不停地追赶跌落的晚霞。
逃离昨日的残垣和忧伤,等你归来的脚步。
从一个城市到另一个城市,背负起披星戴月的璀璨之光。

夜幕,铺满乡村的荒野。
通过一条天路托运梦境,以及大地的苍茫。
暗流踏着落叶,卷走昨夜的乌云。
霞光照耀我驶出泥淖在春天开采阳光。
灵魂摆渡,沧桑洒落,悠长的调子里夹带了凝固的血液。

拆开忠诚的诺言，从梦中醒来，融化的积雪长出绿色的微笑。

独自，行走在黑夜里

来无影去无踪，是谁站到黑夜的风口？
最后一场冷雨，已将夜晚亮了一个秋季的蜡烛浇灭。
秋季，雁南飞，一切都成了过去。

蜜汁过期了，变成了苦味。
蹁跹的蝴蝶不再来回穿梭，去了，也就去了。
就像大江东逝水，不知揉碎了谁的心绪？
满地的幽香，留给我的只是过期的遐想。

黑暗，点燃灵魂失守的遥望，聆听故乡荒山坡的疼痛。
吹过孤寂又穿越孤寂的灵魂，心的悲凉是深不见底的重伤。
旧梦，像寒冬里月光的冷清，滚落了一滴悲伤的泪。

夜色，不能治疗疾苦和哀痛。
想把谜底解开，虽比真理更难，但要看那个解谜者是不是喜欢黑暗？
赶夜路的人，无需灯火通明，和黑暗站在一起。
黑暗中，一道道漆黑的大门紧闭，无法打开锁孔，只想一脚踹开，查看那里的神秘。

夜，哀鸣。
生满蒿草的坟茔，
是谁的梦想的破败的小屋，那里
装满的有谁的疼痛？

隐藏的花香

在晨光与夕照之间，一阵风刮来，树枝上的叶子所剩寥寥。
它们弯曲成乡间的瓦片，如同农村老人被压弯的身躯，
弓着背，扛起了深邃的话语。这时，秋天黄了。

这个季节。树叶，以附和着风的姿态各奔东西
离开了血肉相连的树枝，但命运并不是因此而终止。
不信，你看：春天，那树上新生的嫩叶就是落叶的转世。

落叶，落去。回归泥土，泥土中就会散发着落叶的气息。
每一片落叶，都珍藏了阳光、雨露。
每一片落叶，都沾满了春天的花香。

落叶，落进泥土，不是悲哀
而是，用农人和土地收获的喜悦
撬动一个新的春天的到来。

银杏树下读李白

■ 黄小霞

一

谁,在秋末,把相思染上颜色?谁,把思念折成扇形,挂在秋天的额头上?

阳光从冠形的树叶间漏下来,伸出手,就接住了"光阴"二字。

一杯淡酒,折射出历史的影子,文字与历史连接,便是人世的沧桑。

诗人的身影从泛黄的书页间起立,惊落一地尘埃。

如那千年古银杏,沐风,浴雨,染山水之灵气,张扬生命的本真。

谁,正携带着酒香味的诗句,在长途跋涉?谁,仍在霓虹深处诵读着经年的平平仄仄?

二

百年。千年。托起千重的天空。显现一种孤单的美。

身为凡尘里一个渺小的存在者,我,在你面前,顿悟:仰止。

一颗伏在树边的石子儿,正支起耳朵,聆听记忆的足音。而一枚落叶,正带着佛的浅笑,不停地敲打着秋天的门扉。

秋天,在一片落叶身后,一段感伤的离别,却在秋天身后。落叶:最懂秋天的思绪。

扇状形的叶,被风朗读着,声音悦耳,犹如儿时的睡梦里,母亲唱的摇篮曲。

渐行渐远的秋之深处,银杏树,深扎根基。

站在千重秋天的古银杏树前,我背北朝南,望向故乡——那里是母亲居住的地方。

三

夫妻树、情侣树、子孙树、母子树,树树皆价值。

读书台、白兆寺、笔架山、晒经坡、桃花岩,处处皆风景。

李白,默默地面对着西去的夕阳,喝着秋天情意浓浓的美酒。

银杏,迎风爽朗地笑着,每一片叶子都笑成一朵火焰。

怎能不爱慕这结满橙黄的精魂?它正不声不响地拨开深秋的帷幕,优雅地路过我的视野。又怎能不钦羡这绝世的生动和壮美?

一段咫尺天涯的送迎。留下一颗感怀天地的心灵。

四

一只鸟儿的鸣唱。啄破天空中的铅灰色。让一片橙黄显现秋天的繁华。

秋天,一个叫李白的诗人,在银杏树下煮酒为诗。

秋天,我在银杏树下读李白的诗,泛黄的诗章经过历史的长河,就有了岁月的温度。冬天到来的时候,我便可以用那些平平仄仄的文字来取暖。银杏叶落的时候,我便可以通过一首韵脚的诗歌看它打着转儿的样子,——飘着温柔而优美的涟漪。

风土写意（外一章）

■ 杨 芳

拗不过层层诱惑的绿，随风踏进绿林。

风，穿越枝丫的缝隙，撩挪面颊，身体的每个细胞打开，流动汩汩的线条，一种欣欣然的感觉定格心底。

拾起虬枝，轻轻扒开雨后松软的泥土，一条惺忪的蚯蚓迫不及待地拱出土来，伸展着柔软的躯体，让你不禁欢跃。

四月的风比三月多了一分温柔，婆娑着寂寥的乡野，树绿了，草青了，花红了，人忙了。

携手踏进这酥软的世界，美的是眼，醉的是心。

风，吹皱了春水，吹响了勤劳人的种种心事——故土丰满，生活润泽。

也是这风，将寂静的原野从熟睡中唤醒，以一副欣然向上的姿态屹立。

有风的弹奏，一切都靓了，豁达了，宽阔的心扉接纳这多姿的五彩缤纷。

爱上乡土

在城市的嘈杂里爱上乡土。

我应感谢你，你就是那一沃乡土，让我静下心来读你、品你、更加热爱你。我用满腔的热情去珍惜、感恩和不知疲乏。

泥土的芳香和太阳晾晒下的麦秸垛，看着我们在父辈的肩头长大。东头的荷塘漾着多汁的童年，西头的羊肠小道展开欲飞的翅膀，我们的碗里盛着父辈的汗水和求知的憧憬。

我们将用怎样的心去回报养育我们的乡土啊？许多的人扪心自问。

土地可以翻动，河流可以改道，深深的乡情完好地储存在曾经手持犁铧、黝黑肌肤的心中。

一位友人对我说，在我搬进新居的时候，送给我树木花草，要让我的生活像故土的绿色一样蓬勃、灿烂明朗，并有一曲鸽哨和鸟鸣。